文学艺术系列

诗歌史话

A Brief History of Poetry in China

陶文鹏 / 著

社会科学文献出版社
SOCIAL SCIENCES ACADEMIC PRESS (CHINA)

图书在版编目（CIP）数据

诗歌史话/陶文鹏著. —北京：社会科学文献出版社，2012.5（2014.8 重印）
（中国史话）
ISBN 978－7－5097－3093－5

Ⅰ.①诗…　Ⅱ.①陶…　Ⅲ.①诗歌史－中国　Ⅳ.①I217.2

中国版本图书馆 CIP 数据核字（2011）第 282653 号

"十二五"国家重点出版规划项目

中国史话·文学艺术系列

诗歌史话

著　　者/陶文鹏

出 版 人/谢寿光
出 版 者/社会科学文献出版社
地　　址/北京市西城区北三环中路甲29号院3号楼华龙大厦
邮政编码/100029

责任部门/人文分社（010）59367215
电子信箱/renwen@ ssap.cn
责任编辑/高传杰
责任校对/李晨光
责任印制/岳　阳

经　　销/社会科学文献出版社市场营销中心
　　　　　（010）59367081　59367089
读者服务/读者服务中心（010）59367028

印　　装/北京画中画印刷有限公司
开　　本/889mm×1194mm　1/32　印张/6.5
版　　次/2012年5月第1版　　字数/126千字
印　　次/2014年8月第2次印刷
书　　号/ISBN 978－7－5097－3093－5
定　　价/15.00元

本书如有破损、缺页、装订错误，请与本社读者服务中心联系更换
版权所有　翻印必究

《中国史话》编辑委员会

主　　任　陈奎元

副 主 任　武　寅

委　　员　(以姓氏笔画为序)

　　　　　卜宪群　王　巍　刘庆柱
　　　　　步　平　张顺洪　张海鹏
　　　　　陈祖武　陈高华　林甘泉
　　　　　耿云志　廖学盛

总　序

中国是一个有着悠久文化历史的古老国度，从传说中的三皇五帝到中华人民共和国的建立，生活在这片土地上的人们从来都没有停止过探寻、创造的脚步。长沙马王堆出土的轻若烟雾、薄如蝉翼的素纱衣向世人昭示着古人在丝绸纺织、制作方面所达到的高度；敦煌莫高窟近五百个洞窟中的两千多尊彩塑雕像和大量的彩绘壁画又向世人显示了古人在雕塑和绘画方面所取得的成绩；还有青铜器、唐三彩、园林建筑、宫殿建筑，以及书法、诗歌、茶道、中医等物质与非物质文化遗产，它们无不向世人展示了中华五千年文化的灿烂与辉煌，展示了中国这一古老国度的魅力与绚烂。这是一份宝贵的遗产，值得我们每一位炎黄子孙珍视。

历史不会永远眷顾任何一个民族或一个国家，当世界进入近代之时，曾经一千多年雄踞世界发展高峰的古老中国，从巅峰跌落。1840年鸦片战争的炮声打破了清帝国"天朝上国"的迷梦，从此中国沦为被列强宰割的羔羊。一个个不平等条约的签订，不仅使中国大量的白银外流，更使中国的领土一步步被列强侵占，国库亏空，民不聊生。东方古国曾经拥有的辉煌，也随着西方列强坚船利炮的轰击而烟消云散，中国一步步堕入了半殖民地的深渊。不甘屈服的中国人民也由此开始了救国救民、富国图强的抗争之路。从洋务运动到维新变法，从太平天国到辛亥革命，从五四运动到中国共产党领导的新民主主义革命，中国人民屡败屡战，终于认识到了"只有社会主义才能救中国，只有社会主义才能发展中国"这一道理。中国共产党领导中国人民推倒三座大山，建立了新中国，从此饱受屈辱与蹂躏的中国人民站起来了。古老的中国焕发出新的生机与活力，摆脱了任人宰割与欺侮的历史，屹立于世界民族之林。每一位中华儿女应当了解中华民族数千年的文明史，也应当牢记鸦片战争以来一百多年民族屈辱的历史。

当我们步入全球化大潮的21世纪，信息技术革命迅猛发展，地区之间的交流壁垒被互联网之类的新兴交流工具所打破，世界的多元性展示在世人面前。世界上任何一个区域都不可避免地存在着两种以上文化的交汇与碰撞，但不可否认的是，近些年来，随着市场经济的大潮，西方文化扑面而来，有些人唯西方为时尚，把民族的传统丢在一边。大批年轻人甚至比西方人还热衷于圣诞节、情人节与洋快餐，对我国各民族的重大节日以及中国历史的基本知识却茫然无知，这是中华民族实现复兴大业中的重大忧患。

中国之所以为中国，中华民族之所以历数千年而不分离，根基就在于五千年来一脉相传的中华文明。如果丢弃了千百年来一脉相承的文化，任凭外来文化随意浸染，很难设想13亿中国人到哪里去寻找民族向心力和凝聚力。在推进社会主义现代化、实现民族复兴的伟大事业中，大力弘扬优秀的中华民族文化和民族精神，弘扬中华文化的爱国主义传统和民族自尊意识，在建设中国特色社会主义的进程中，构建具有中国特色的文化价值体系，光大中华民族的优秀传统文化是一件任重而道远的事业。

当前，我国进入了经济体制深刻变革、社会结构深刻变动、利益格局深刻调整、思想观念深刻变化的新的历史时期。面对新的历史任务和来自各方的新挑战，全党和全国人民都需要学习和把握社会主义核心价值体系，进一步形成全社会共同的理想信念和道德规范，打牢全党全国各族人民团结奋斗的思想道德基础，形成全民族奋发向上的精神力量，这是我们建设社会主义和谐社会的思想保证。中国社会科学院作为国家社会科学研究的机构，有责任为此作出贡献。我们在编写出版《中华文明史话》与《百年中国史话》的基础上，组织院内外各研究领域的专家，融合近年来的最新研究，编辑出版大型历史知识系列丛书——《中国史话》，其目的就在于为广大人民群众尤其是青少年提供一套较为完整、准确地介绍中国历史和传统文化的普及类系列丛书，从而使生活在信息时代的人们尤其是青少年能够了解自己祖先的历史，在东西南北文化的交流中由知己到知彼，善于取人之长补己之短，在中国与世界各国愈来愈深的文化交融中，保持自己的本色与特色，将中华民族自强不息、厚德载物的精神永远发扬下去。

《中国史话》系列丛书首批计200种，每种10万字左右，主要从政治、经济、文化、军事、哲学、艺术、科技、饮食、服饰、交通、建筑等各个方面介绍了从古至今数千年来中华文明发展和变迁的历史。这些历史不仅展现了中华五千年文化的辉煌，展现了先民的智慧与创造精神，而且展现了中国人民的不屈与抗争精神。我们衷心地希望这套普及历史知识的丛书对广大人民群众进一步了解中华民族的优秀文化传统，增强民族自尊心和自豪感发挥应有的作用，鼓舞广大人民群众特别是新一代的劳动者和建设者在建设中国特色社会主义的道路上不断阔步前进，为我们祖国美好的未来贡献更大的力量。

2011年4月

⊙陶文鹏

作者小传

陶文鹏，1941年9月生，广西南宁市人。1964年毕业于北京大学中文系，1981年毕业于中国社会科学院研究生院，获文学硕士学位。现为中国社会科学院文学所研究员，《文学遗产》杂志主编，博士生导师。撰有《苏轼诗词艺术论》、《唐宋诗美学与艺术论》、《唐诗与绘画》、《宋代诗人论》等专著，主编《灵境诗心——中国古代山水诗史》，发表《宋代山水诗的绘画意趣》等论文数十篇。

目 录

一 中国诗歌的源头 ………………………… 1
  1. 诗的起源与上古歌谣 ………………… 1
  2. 《诗经》的思想内容 ………………… 3
  3. 《诗经》的艺术成就 ………………… 9
  4. 《诗经》的文化精神及其影响 ……… 15

二 中国诗歌的丰富和发展 ……………… 17
  1. 屈原与楚辞 …………………………… 17
  2. 汉乐府民歌对《诗经》风体诗的发展 ……… 24
  3. 文人五言诗的兴起 …………………… 28
  4. 建安风骨与正始之音 ………………… 30
  5. 陶渊明诗歌的杰出成就 ……………… 36
  6. 南北朝乐府民歌的特色 ……………… 40
  7. 南北朝诗人对诗艺的贡献 …………… 43

三 唐诗——中国诗歌发展的高峰 ……… 52
  1. 唐诗繁荣的原因 ……………………… 52
  2. 唐诗高潮的酝酿 ……………………… 55

3. 盛唐气象的出现 …………………………… 61
4. "诗仙"李白和"诗圣"杜甫 ………………… 70
5. 中唐的两大诗派 …………………………… 78
6. 唐诗的夕阳返照 …………………………… 89

四 继续开拓创新的宋诗 …………………………… 94
1. 宋初诗人对唐诗的沿袭和革新 ……………… 94
2. 苏轼开拓宋诗新境界的功绩 ………………… 99
3. 黄庭坚和江西诗派对宋诗的影响 …………… 104
4. 杨万里的写景诗和范成大的田园诗 ………… 110
5. 陆游的爱国诗和朱熹的哲理诗 ……………… 114
6. 宋诗的最后光芒 …………………………… 119

五 通向近代与现代诗歌的桥梁 ………………… 128
1. 重感情尊自我的元诗 ……………………… 128
2. 明代诗坛的复古和革新运动 ……………… 130
3. 清代诗歌的复兴 …………………………… 137

六 近代新诗潮的勃兴 …………………………… 148
1. 呼唤大变革风雷的龚自珍 ………………… 148
2. 鸦片战争时期的爱国诗潮 ………………… 150
3. "诗界革命"和"新体诗" ………………… 153
4. 辛亥革命前后的诗歌 ……………………… 156

七 中国现代新诗的诞生与发展 ………………… 160
1. "五四"新文学运动的最早成果 …………… 160

2. 郭沫若——新诗艺术的伟大奠基者 ………… 162

3. 众多流派和风格争奇斗妍 ……………… 165

4. 民族革命战争的战鼓和号角 …………… 172

5. 各路诗人在北京的大会师 ……………… 178

参考书目 ……………………… 184

一　中国诗歌的源头

1　诗的起源与上古歌谣

早在文字出现以前，文学就诞生了，这便是上古的歌谣。如梁代沈约所说："歌咏所兴，宜自生民始也。"（《宋书·谢灵运传论》）原始人类的精神活动是诗性的，原始时代充盈着人类的童真、诗的歌唱。

诗——文学的第一个产儿。起源于以劳动为中心的人类生存活动，也是原始人生活的主要内容。劳动创造了人及人类社会，也创造了诗歌赖以产生的基础——灵巧的手和发达的大脑、语言、认识和感受能力。人们在劳动的过程中，由于筋力的张弛和工具的配合，自然地发出呼声。这种呼声具有一定的高低和间歇，或重复而无变化，或变化而有规律，于是就产生了节奏。《淮南子·道应训》中说："今夫举大木者，前呼'邪许'，后亦应之，此举重劝力之歌也。"说明"邪许"是人们集体劳动时一唱一和，借以协调动作、减轻劳动强度的一种呼声，这就是最早的诗。

随着人类思维和语言能力的发展，人们在这些呼声的间歇添上有意义的词语，表现出生产劳动和生存活动的内容。例如，《吴越春秋》上记载的一首相传是黄帝时代的《弹歌》："断竹，续竹，飞土，逐肉"，描述了砍竹、接竹制造狩猎工具到用弹弓追捕猎物的整个过程。无意义的劳动呼声被有意义的实词代替了，但语言朴拙，节奏简劲，仍然呈现出原始歌谣的特有风貌，足以证明劳动是诗的主要源泉。

作为诗歌原始形态的上古歌谣，是视觉与听觉的综合艺术，呈现为诗乐舞三位一体的状态。《吕氏春秋·古乐篇》中说："昔葛天氏之乐，三人操牛尾，投足以歌八阕：一曰载民，二曰玄鸟，三曰遂草木，四曰奋五谷，五曰敬天常，六曰达帝功，七曰依地德，八曰总禽兽之极。"人们拿着牛尾，一边跳一边唱，使诗乐舞三者合一。上古歌谣的语言节奏是非常简洁朴素的，常常是在有节奏的劳动呼声中构成，歌词一般只有几个字，又由于原始劳动操作相当简单，往往由一来一往一反一复两个动作合成，因此与之相适应的原始歌谣大多数是二拍节奏，从文字记载上看，多是二言句式，一韵到底。原始歌谣是集体意志的产物，最初只是人们的口头流传，在流传过程中不断加工。

上古歌谣还具有鲜明的实用功能和功利目的。首先，它作为诗乐舞统一体，将内在感情、外在行为节奏和谐地统一了起来，因此有着缓解疲劳、恢复体力、提高效率的实用功能。同时，它还具有再度体验生产活动的快感，增进生产技能和审美情感的功效。那些在宗教祭坛上娱神的歌唱，也曲折地表达着人类征服自然走出蛮荒的理想和愿望。此外,它还具有重要的强化记忆、流传历史的价值。鲁迅说:"巫史非诗人,其职虽止于传事,然厥初亦凭口耳,虑有愆误,则练句协音,以便记诵。"(《汉文学史纲要》)靠着诗的音律与节奏的铿锵和谐流传历史、记忆历史,是早期诗歌的重要职能。诗与史在早期是一致的,这也是原始诗歌史诗居多的原因。中国汉民族史诗不像少数民族及西方民族史诗那样鸿篇巨制,而是以短小精悍的简单韵语,对民族历史作浓缩的概括。

2 《诗经》的思想内容

中国的远古诗歌流传下来的很少。从为数不多的作品来看,在艺术上只是萌芽阶段,从历史的角度来说,应从《诗经》产生时期开始。

《诗经》是我国最早的一部诗歌总集,也是世界上最早的诗集之一。它收集的是我国公元前11世纪(西周初)至公元前6世纪(春秋中叶)的诗歌作品,代表了西周、东周的春秋时代五百年间华夏民族的最初诗歌创作。

《诗经》原来的名字叫做"诗"、"诗三百"或"三百篇"。到了汉代,它被尊为经典,这才有了《诗经》的名称。《诗经》共收诗歌311篇,其中6篇只剩下了篇名,所以实际上只有305篇。《诗经》产生的时代,音乐已经很发达,《诗经》里的诗都是可以入乐的。《诗经》里的诗按照音乐曲调的不同,分为风、雅、颂三大类。"风"是地方乐调。有十五国风：周南、召南、邶风、鄘风、卫风、王风、郑风、齐风、魏风、唐风、秦风、陈风、桧风、曹风、豳风，共160篇，绝大部分是民间作品。"雅"是周朝王畿内的音乐。王畿是朝廷直接管辖的地区。"雅"的曲调一般比较典雅庄重，所以朝廷往往用来宴飨各国诸侯。"雅"又分大雅、小雅。大雅31篇，多是贵族作品；小雅80篇（其中6篇只剩下篇目），除了贵族、下层官吏的作品外，还有民众作品。"颂"的本义是"容"，就是容貌、表情、动作的意思，是载歌载舞的音乐。"颂"的曲调比较雍容肃穆，多是祭祀宗庙用的乐歌。"颂"又分周颂、鲁颂、商颂，一共40篇。总之，"风"、"雅"、"颂"原都是音乐曲调名称，后来音乐失传，只剩下歌词，便以它们作为诗类的名称。

《诗经》的"国风"中保存了不少民歌。这些民歌原来都是劳动人民集体的口头创作，在写作过程中，虽可能经过润色，但仍具有浓厚的民歌风味，是《诗经》中的珍品。这些民歌广泛地反映了当时人民群众的劳动和生活，表达了他们的感受、爱憎和愿望，具有丰富的思想内容。

"国风"中有一些劳动时咏唱的歌谣。如《周南·芣苢（音 fúyǐ）》第一章云："采采芣苢，薄言采之。采采芣苢，薄言有之。"这是妇女们采集车前子的时候所唱的歌。全诗共3章12句，只更换了六个动词，就写出了采集所得由少而多的进展。诗歌的旋律简单，语言质朴，却能使读者感受到劳动的欢乐气氛。《魏风·十亩之间》写采桑之后，青年男女呼群邀伴踏歌而去的情景，表现出劳动后的舒畅愉快。不过，"国风"中更多的是反映劳动人民悲惨境况的诗篇。《豳（音 bīn）风·七月》叙述了农夫全家人一年到头的劳动生活。男人为主人耕种，女人为主人编织，还要为主人打猎、盖房子、藏冰、造酒，从春到冬，一刻不闲。但他们却靠野菜充饥，穿破衣烂衫；他们的女儿更是提心吊胆，随时都有被王孙公子践踏蹂躏的危险。这首诗宛如一幅画卷，生动地展现了三千年前阶级剥削和压迫的社会现实。

"国风"中还有一些作品揭露了沉重的劳役给人民带来的苦难。如《邶（音 bèi）风·式微》写人民为官府干活，直到天黑，还在夜露里、泥水中受罪，不得回家。在《唐风·鸨羽》中，劳动者愤怒地呼喊："王事靡盬（音 gǔ），不能艺稷黍！父母何怙（音 hù）？悠悠苍天！曷其有所？"（官府的差事没完没了，违误农时，父母无人赡养，不晓得何年何日才得安居！怎能不呼叫苍天，放声悲号呢？）

频繁的战事也给人民带来无尽的灾难，有不少作品就描写人民对战争的嗟怨和愤恨。例如《魏风·陟岵（音 hù）》描写征人望乡。登上光秃秃的山顶眺望，好像听到母亲的呻吟和嘱咐。《邶风·击鼓》写远戍的士兵忧虑着埋骨荒野，不得归家。

外有征人，家有思妇。"国风"中有不少思妇怀念征人的诗。《王风·君子于役》写丈夫久役不归，妻子苦苦思念。每当日落西山的时候，她看到鸡儿进窝，太阳落坡,牛羊下山,就惦念丈夫在外忍饥受寒,忧郁地喃喃自语。思妇怀人的诗歌深刻感人地表现了战争给人们精神上造成的巨大创痛。

不过,对于抵御外侮的正义战争,人民却是心甘情愿地承担起重大牺牲。《秦风·无衣》唱道:"岂曰无衣?与子同袍。王于兴师,修我戈矛,与子同仇。"(怎么说没有衣裳?斗篷咱们共同披在身上。大王要出兵打仗,快把戈矛修好擦亮,我们一道杀敌上战场!)诗歌音节短促,情绪高昂,表现出秦国人民在国难当头之际相互友爱、同仇敌忾、慷慨从军的精神面貌。

哪里有压迫剥削,哪里就有愤怒的抗争。这方面的作品当以《魏风》中的《伐檀》和《硕鼠》为代表。《伐檀》描写一群在河边伐木的劳动者向剥削者发出义正词严的责问:你们不种不收,为什么稻谷满仓?你们不狩不猎,为什么野味挂满庭院?诗中还反复咏唱"彼君子兮,不素餐兮",对剥削者予以辛辣的讽刺。《硕鼠》把剥削者比作贪馋的大老鼠加以痛斥:"硕鼠硕鼠,无食我黍!"诗中还抒发了人民对没有压迫和剥削的"乐土"和"乐园"的向往之情。

"国风"中的民歌还有不少反映了当时劳动人民的婚姻爱情生活。它们大多是当事者率真大胆的表白,其中有"投我以木瓜,报之以琼琚"(《卫风·木瓜》)的两情相悦;也有"一日不见,如三秋兮"(《王风·采葛》)的相思;有"未见君子,忧心钦钦,如何如何,忘我实多"(《秦风·晨风》)的怨怅;也有"既见君子,云胡不喜"(《郑风·风雨》)的兴奋;更有"榖则异室,死则同穴;谓予不信,有如皦日"(《王风·大车》)的忠贞誓言。这些诗篇咏唱了下层人民爱情生活中的离合悲欢,基调是质朴、健康的。"关关雎鸠,在河之洲。窈窕淑女,君子好逑",更是人们熟悉的爱情诗句(《周南·关雎》)。这首诗描写一个男子在河边遇到正在采摘荇菜的美丽姑娘,极为爱慕,思求不已,以至夜不能寐,辗转反侧,并想象迎娶姑娘成亲后的美好生活。

"国风"中有不少反映妇女在婚姻上痛苦遭遇的诗,更值得重视。《卫风·氓(音 méng)》、《邶风·谷风》便是两首有代表性的弃妇诗。《氓》的女主人公大胆追求美好爱情,没想到被狠心的男子抛弃。她既悔恨自己的幼稚和轻信,又愤怒指斥男子的背信弃义,毅然决定一刀两断。《邶风·谷风》中的女主人公被丈夫弃逐时还恋恋不舍,痴心地希望丈夫能回心转意。这两首诗描写妇女的婚姻悲剧和不幸命运都十分悲怨感人。

"国风"也有一些出自贵族之手的诗篇,如《邶风·北门》写下层小官吏抱怨苦乐不均。《秦风·权舆》写没落贵族悲叹过去住高房大屋,如今衣食维艰。《鄘风·载驰》是春秋时的许国穆公夫人的作品,她是卫戴公的亲妹妹。诗中写她为挽救祖国(卫国)的危亡,冲破许国大夫的重重阻拦而奔走求援,表现出炽热的爱国激情、坚定的斗争意志和刚毅果敢的性格。许穆夫人可以说是我国第一个爱国女诗人,也是世界上最早的一位女诗人。她的创作时间比曾被柏拉图誉为"第十位文艺女神"的古希腊女诗人萨孚要早二三十年。

"雅"、"颂"这两部分诗歌的思想性，总的说来不及"国风"，但也从不同角度比较真实地反映了周代社会的经济、军事、政治等状况，具有一定的社会意义和认识价值。其内容大致有以下三类。

第一类是周民族史诗，即保存在"大雅"中的《生民》、《公刘》、《绵》、《皇矣》、《大明》5篇，比较完整地叙述了周民族的萌生、发展直至最后灭商建国的全过程。前三篇写后稷、公刘、古公亶父这三位民族英雄的事迹，还赋予一定的灵异神奇色彩；后两篇主要叙述文王、武王的功绩。这五首诗，是研究周民族历史的重要史料。

第二类是贵族讽喻诗。如"大雅"中的《桑柔》、《荡》、《抑》，"小雅"中的《正月》、《十月之交》、《节南山》等，或严肃地批评国政，指责当政者倒行逆施；或斥责社会不平现象，暴露社会危机。尽管这些诗人是从维护周朝统治的立场出发，但他们对昏君佞臣的责难，在客观上反映了人民的意愿。

第三类是农事诗。"小雅"中的《楚茨》、《信南山》、《甫田》，"周颂"中的《臣工》、《噫嘻》、《丰年》、《载芟》、《良耜》等篇，都反映了当时的农业生产及丰收飨神情况。例如《周颂·载芟》开头几句："载芟载柞，其耕泽泽。千耦其耘，徂隰徂畛。"（铲草皮，刨树根，把那肥沃的土地耕得散松松；上千对的人一齐锄草,在低湿土地和田埂上忙个不停。)作者用简短的文字生动地描绘出大规模集体劳动的场面。

3. 《诗经》的艺术成就

《诗经》真实生动、富于诗意地反映了殷周到春秋时代的社会生活风貌,展现出一幅幅七彩斑斓的艺术画卷。其艺术特征、技巧和成就,值得认真研究总结。

作者们善于通过对事件的简要叙述或抓住人物活动的典型场景来塑造人物。在《卫风·氓》中,通过女主人公叙述她同"氓"从相识、结婚到离异的经过,突出几个典型场景,塑造出两个性格鲜明而且又发展变化的人物形象:一个是女主人公,她善良、勤劳,热烈追求爱情和婚姻的幸福美满。作品生动而有层次地展示出她大胆痴情,天真幼稚,轻陷情网,后来悔恨交加,总结教训,与"氓"决绝,刚烈不屈。另一个是"氓",他在求婚时装出老实忠厚,结婚之初"信誓旦旦",以后逐渐露出其凶狠的本相。作品成功地刻画了他虚伪、狡狯、卑鄙、自私、粗暴、无义等多方面的性格。《诗经》还善于借助简单的外貌描写和细致的心理刻画来塑造人物。如《邶风·静女》的"爱而不见,搔首踟蹰",《齐风·东方未明》的"东方未明,颠倒衣裳",人物动态描写都逼真传神。《鄘风·柏舟》的"髧彼两髦,实维我仪",《郑风·出其东门》的"缟衣綦巾,聊乐我员",也都生动地描绘出诗中主人公所爱对象的外貌、衣着特征。《卫风·硕人》

描写庄姜的美貌:"手如柔荑,肤如凝脂,领如蝤蛴,齿如瓠犀,螓首蛾眉",以形象贴切的比喻作静态刻画,庄姜柔嫩的手指,润洁的肌肤,圆白的颈脖,齐整的皓齿,方正的前额以及弯而长的秀眉都已跃然纸上。接着的两句"巧笑倩兮,美目盼兮",更生动地摹状出庄姜巧笑顾盼的魅人神态。这是中国诗歌中最早描绘人物肖像的传神妙笔。而《卫风·伯兮》侧重通过展现女主人公思念丈夫的内心活动来塑造人物形象。尤其是第三章"其雨其雨,杲杲日出。愿言思伯,甘心首疾"四句,刻画她的期盼、孤寂、失望仍然坚贞不移的复杂心理,真切感人,其形象简直呼之欲出。《诗经》中更多的诗篇,则是通过朴实无华的抒情议论来塑造人物形象的。如《鄘风·载驰》,通篇是许穆夫人直抒胸臆,倾吐对故国的哀伤和要返回故国的决心,展现出她那真挚热烈、沉郁悲壮而又缠绵悱恻的爱国情怀。

《诗经》的抒情诗不但有丰富的意象,而且在有些作品中,已经能够借助于意象的组合,初步创造出情景交融的艺术境界。最典型的是《秦风·蒹葭》:"蒹葭苍苍,白露为霜。所谓伊人,在水一方。溯洄从之,道阻且长。溯游从之,宛在水中央。"全诗三章,这是第一章。诗人把男女相恋的艰难追求放在河水阻隔的意象之中描写,再衬托以秋天凄凉的情景氛围,创造出一个扑朔迷离、凄清感伤的艺术境界。在那秋水伊人可望而不可即的画面里,蕴含着难以言传、咀嚼不尽的中国文化情韵,成为中国诗歌的一个独特的意境原型，古往今来，不知拨动过多少读者的心弦，激发过多少诗人画家的艺术灵感！

《诗经》中人物形象塑造和艺术意境创造的成功，是由于作者们成功地运用了多种多样的艺术手法。最突出的艺术表现手法是赋、比、兴。

"赋"，因为它直接说出诗的本事，揭示诗的内容，对写景、叙事、抒情都很适用。如"国风"中《静女》、《褰裳》、《狡童》、《将仲子》等短小恋歌都用"赋"写成，显得明快生动。"国风"中篇幅较长的《七月》、《东山》等叙事性强的作品，也用"赋"写成。"雅"、"颂"里的长篇和中篇诗多，所以普遍采用赋的手法。但具体来看，用得有差异、有变化：有的是铺叙开来似散文叙述一件事；有的则是基本上铺开来写，但在篇章中夹有重调；有的通篇是以重调来写的。雅颂诗多数通篇用"赋"的手法，也有兼用"比兴"的。例如《小雅·无羊》，是通篇用赋写成的一首优美、生动的牧歌。它的第二章、第三章，描写牛羊有的走下山坡，有的到池边饮水，有的在睡觉，有的在活动；写牧人披着长衣，戴着斗笠，背着干粮，风里来雨里去地放牧；最后写他们手臂一挥，牛羊一起进圈。形象生动，气息浓郁。清人方玉润说："人物杂写，错落得妙，是一幅群牧图。"（《诗经原始》）

"比"，在《诗经》中不但运用广泛，而且形式多样，有明喻、隐喻、博喻、对喻等。比喻可以突出被比事物的本质和表达作者一定的思想感情。如《硕鼠》以贪婪的老鼠比喻剥削者，《新台》把乱伦的卫宣公比作丑陋的癞蛤蟆。比喻还可用来刻画人物。《卫风·淇奥》赞扬美君子的文采风流、德行才学之美，用了"如切如磋，如琢如磨"，"如金如锡，如圭如璧"，可谓博喻。前引《卫风·硕人》对庄姜容貌的刻画就兼用了明喻和隐喻。比喻又可以用来表现抽象的思想感情，使之具象化。如《王风·黍离》写主人公忧思之重为"中心如醉"、"中心如噎"；《小雅·小旻》写作者的畏惧之感为"如临深渊，如履薄冰"。又如《邶风·柏舟》写一个女子矢志不移："我心匪石，不可转也；我心匪席，不可卷也。"《诗经》中精彩的比喻，显示出作者们对事物观察细致，想象丰富、大胆。如《小雅·大东》末章："维南有箕，不可以簸扬。维北有斗，不可以挹酒浆。维南有箕，载翕其舌。维北有斗，西柄之揭。"连天上的箕星、斗星也似乎站在西周一边向东方人索取。这傥诡奇幻的想象，深刻地揭露了西周统治者对东方人民残酷的榨取。

"兴"，就是借物起兴，因景生情，多用在诗的开头，所以又称"发端"。起兴在《诗经》中也运用得非常灵活多样。如《周南·关雎》首章："关关雎鸠，在河之洲。窈窕淑女，君子好逑。"用成双结对的雎鸠在水洲上和鸣，引出男女爱情和婚姻的描写，对全诗起到联想、象征和烘托气氛的作用。又如《周南·桃夭》的首章："桃之夭夭，灼灼其华。之子于归，宜其室家。"用光彩夺目的初开桃花起兴，象征新娘的美艳，这是兴兼作比。兴有正用，如《邶风·燕燕》："燕燕于飞，差池其羽。之子于归，远送于野。"用燕子双飞烘托女子出嫁的喜庆气氛。《小雅·鸿雁》写徭役，则以"鸿雁于飞，肃肃其羽"来映衬人心中的凄苦。《小雅·苕之华》"苕之华，芸其黄矣。心之忧矣，维其伤矣"，却用盛开的凌霄花反衬诗人对于年荒岁饥的悲伤。这是反面起兴。赋、比、兴的成功运用，使《诗经》的作品具有生动感人、含蓄蕴藉的诗情画意和艺术魅力。从《诗经》开始，比兴手法成了中国诗歌史上重要的艺术传统。

《诗经》的章句形式，一般都以回环复沓为其特色。《诗经》各篇大都分章，少则2章，多至16章。分章的诗篇，特别是民歌，各章句数、字数基本相等，因而形成了整齐、匀称的形式美。同时，由于入乐的需要，各章只换少数字词，同样的字句反复出现，周而复始，充分发挥了抒情表意的作用，有效地增强了诗歌的节奏感、音乐感，带给人一种委婉而悠长的韵味。例如《周南·芣苢》，各章只换了几个动词，这种重章叠咏的形式，形成了回环复沓、一唱三叹、明快优美、令人荡气回肠的节奏与韵味。清人方玉润在《诗经原始》中评赞这首诗说："涵咏此诗，恍听田家妇女，三三五五，于平原绣野、风和日丽之中，群歌互答，余音袅袅，若远若近，忽断忽续，不知其情之何以移，而神之何以旷，则此诗可不必细绎而自得其妙焉。"

整齐而又灵活多变是《诗经》句式的特点。《诗经》是以四言为主的诗体。由上古歌谣的二言到《诗经》的四言，是人类社会生活日益复杂、自身思维能力及语言表达能力逐渐提高的结果。《诗经》既有整齐的四言形式，又有灵活多变的杂言形式。从二言到八言，诗人依据抒情表意的需要灵活选用，错落有致。另外，在某些较长的诗篇里，又有用排比句来加强描绘的。

《诗经》的语言生动、准确、朴素、自然，而且富有韵律美。名词用得很多，动词表义也很细，形容词更丰富。特别是用来状物拟声的叠词大量出现，使诗歌增加许多形象色彩。如《硕人》描写景物与庄姜的侍从："河水洋洋，北流活活，施罛（音 gū）濊濊（音 huò），鱣鲔（音 zhān wěi）发发（音 bō），葭菼（音 tǎn）揭揭，庶姜孽孽，庶士有朅（音 qiè）。"（黄河水啊浩浩荡荡，向北流去，哗哗作响。把渔网张开向水里撒，黄鱼和鲟鱼欢蹦乱跳，水边芦荻又粗又长长势很旺。从嫁的姑娘盛饰浓妆，护送的丈夫健武轩昂。）7句中有6句用叠字词，更显得音响动人，形象逼真。双声、叠韵联绵词也不少，如"窈窕淑女"、"参差荇菜"、"搔首踟蹰"等，有的作形容词，有的作副词，都能够生动贴切地描绘事物的声色状貌，又使诗歌声调和谐悦耳，富有音乐美感。

《诗经》的用韵是和谐的，又是适应诗中所抒写的情感而灵活多变的。它的绝大多数篇章都押韵，只有"周颂"中有极少数的无韵诗章。中国古典诗歌讲究押韵的艺术特征，是从《诗经》开始的。

《诗经》作品的艺术成就和体制形式的种种特征表明，作为我国诗歌发展历史早期形式的四言诗，在

《诗经》的时代确已臻于精美绝伦的程度。当时的诗在抒情咏志、意象营构、意境创造，以及句型、章法、节奏、音韵等方面都积累了相当丰富的经验。因此，《诗经》堪称我国古代诗歌艺术的奠基之作。

4 《诗经》的文化精神及其影响

　　《诗经》是中国诗歌史上的第一座丰碑。它开辟了以诗歌抒情和反映现实的道路，推动后代作家把注意力投向现实，关心国家命运和民生疾苦，并把这些现实内容真实地反映到作品中来。《诗经》奠定了中国诗歌的基本风格和艺术特点。中国古代诗歌中抒情诗、叙事诗、说理诗三种常见的体裁都可溯源于《诗经》。在这三种体裁中，以抒情诗成就最高，它吸引后人学习和创作，出现了大量优秀作品，因而抒情性强成为中国古代诗歌的重要特色。与这一特色相关，《诗经》开创的比兴，因为有助于增强诗歌的形象性、含蓄性和艺术感染力，成为中国古代诗歌最具有民族特色的表现手法。《诗经》抒情诗短小精炼的表现形式、协调优美的声调音韵，也都成为中国诗歌的艺术特征。

　　《诗经》是从远古到殷周、春秋社会的文化积淀，包孕着中华民族独特、深刻的文化精神。首先，它是植根于农业生产的乡土情韵，体现在《诗经》眷恋故土与思乡情怀的许多作品中。从一定意义上说，《诗经》是我国第一部充分体现了在周代就已形成的中国农业文化精神的诗集。其次，浓郁的宗族伦理情味和宗国情感，也是《诗经》所蕴含的文化精神。因为产生它的周代，乃是一个具有浓厚的宗族意识的农业社会。宗族观念既是周人最重要的伦理观念，也是最重要的政治观念。同时，它已经内化为周人最为真挚的社会情感，它植根于故土，情系于亲人，升华为爱国，已经成为贯穿于周代抒情诗中的一个中心主题。再次，以人为本的人文精神，在《诗经》中也有鲜明的表现。它使《诗经》充满了浓郁的人情味和亲切感，使读者充分感受到生活之美是人类自身的创造，并非神的恩赐。正是以上这三个方面形成了《诗经》创作的现实主义精神。作者们立足于现实，直面于现实，对生活进行真实的反映并抒情言志，从而形成写实和质朴的艺术特征，成为后世中国诗歌创作的楷模与典范。

二 中国诗歌的丰富和发展

1 屈原与楚辞

"楚辞"兴起于战国时期,是以屈原、宋玉等人为代表所创作的诗歌样式,它具有楚国鲜明的地方色彩,是继《诗经》以后出现的一种新体诗。宋代黄伯思说:"盖屈宋诸骚,皆书楚语,作楚声,纪楚地,名楚物,故可谓之'楚辞'。"(《校定楚辞序》)"楚辞"一名最初见于西汉武帝时,《史记》和《汉书》里都记载过有人因为能够解说"楚辞"而被皇帝宠幸的事。汉成帝时,刘向把屈原、宋玉等人的作品和汉代人仿写的作品汇编成集,称为《楚辞》。到了东汉,王逸又给《楚辞》作了注释,取名《楚辞章句》,是历来最流行的注释本。从此,"楚辞"既是一部诗歌总集的名称,也是一种文学体制的名称。

楚辞作为《诗经》之后的一种新体诗,它与《诗经》相比,具有很大的不同。从创作方法看,《诗经》主要反映中原地区的风土民情和社会生活,开创了诗歌史上以写实为主的创作传统,是我国早期中原文化的代表；楚辞则富有鲜明的南方色彩，在风俗习惯、自然景色，以及地理名物等方面的描写，无不带有楚地的特征，成为南方文化的代表。由于楚辞作者想象奇异丰富，抒情浓郁强烈，从而开创了诗歌史上浪漫的传统。从表现手法看，《诗经》多用比、兴手法以增强诗歌的形象性；楚辞除了继承《诗经》以外，还进一步把比兴发展为象征手法，使诗歌蕴含更为丰富。从句式和篇章结构上看，楚辞扩展了《诗经》的四言形式，而以六七言句式为主，句子参差不齐，变化不定，活泼自由，这就大大增强了诗句的表现力。楚辞也很少用《诗经》那种回环复沓的形式，而大都以"兮"字或"些"字为语气词，标志它的民歌特色。《诗经》为了合乐的需要，篇下分章，篇幅一般较为短小；楚辞则除《九歌》可能合乐外，其余大都"不歌而诵"，无合乐要求，因而篇下不分章，而且结构一般比较宏大，特别是出现了像屈原《离骚》那样的鸿篇巨制，可以充分表现作者复杂曲折的思想感情。从作者和作品风格上看，《诗经》——特别是其中的"国风"——大多为集体创作的民歌，虽经文人加工，仍保留了民歌的精髓；而楚辞多为文人创作，且在我国文学史上第一次出现像屈原这样杰出的诗人，其作品铺张夸饰，笔墨变化不测、绚丽多彩，形成一种"弘博丽雅"的风格。总之，楚辞比起《诗经》，无论在内容和形式上都有很大发展和提高，但是它们两者之间的渊源关系也是明显的。"楚辞"这一新的诗歌形式是在楚地民歌的基础上逐步演变发展而来的，而《诗经》

里的《周南》、《召南》就属于楚地民歌。《周南》有一篇《汉广》，诗中云："南有乔木，不可休思。汉有游女，不可求思。汉之广矣，不可泳思。江之永矣，不可方思。"写汉水之滨一个男子对一个女子的爱慕之情。这首诗中句尾的"思"字和楚辞中句尾的"兮"字是一声之转，都相当于现代汉语里的语尾助词"啊"，我们从这个词就可以窥测到楚辞和《诗经》的关系。

楚辞的代表作家是屈原（约前340～前278年），名平，楚国人。他出身于和楚王同姓的没落贵族家庭，先世被封在屈地，因此以屈为姓。自幼受到良好的文化教育，博学多识，曾任楚怀王的左徒，地位仅次于宰相，深受信任。屈原的政治理想是富国强兵，合纵抗秦，进而统一中国。但是腐败的贵族统治集团对屈原横加诬陷；被群小包围的楚王不辨是非，疏远屈原，后来竟把他流放到汉北和江南。顷襄王二十年（公元前278年）秦兵攻破楚国首都郢，楚国君臣仓皇逃奔。大约就在这一年，屈原怀着理想破灭的痛苦，自沉于汨罗江。

屈原的作品有《离骚》、《九歌》、《九章》、《天问》、《招魂》共23篇。《离骚》是屈原的代表作。它既是诗人思想、品格的直接体现，也是诗人艺术才能和风格的集中反映。全诗373句，2490字，为我国古代最长的政治抒情诗。篇名的涵义是"遭忧"的意思，它应是屈原在楚怀王时期因被谗而遭到疏远或流放时写成的。诗人在这首长诗里，依据自己在政治斗争中的深切感受，以理想与现实的矛盾冲突为中心，揭露并批判了楚国的黑暗现实，表现了诗人进步的政治理想和深厚的爱国感情。整篇《离骚》闪耀着奇异的浪漫主义光彩。诗人大量采用比喻或象征手法，把神话传说、历史故事、山川日月、香草幽花等罗织起来，构成一幅幅雄奇瑰丽的图画。诗人通过一系列曲折迷离的情节，来展示纷纭复杂的内心冲突，使人们从主人公的彷徨痛苦中，感受到他对祖国忠贞不渝的热爱和对理想的不倦求索，以及他那出污泥而不染的高尚节操。这不仅仅是屈原个人的性格，也代表了中华民族的伟大性格。《离骚》的笔调极富于变化，时而悲怆低吟，时而慷慨亢言，时而意纵天外……写得波澜起伏，婉转多姿。诗以抒情为主，又交织叙事与议论，结构严密，脉络清晰，词汇丰富，节奏和谐，音调优美。《离骚》在艺术上取得的高度成就，同其丰富深刻的思想内容完美地结合在一起，使之成为中国文学史上光照千古的佳作，对后世产生了深远的影响。鲁迅誉之为"逸响伟辞，卓绝一世"。

与《离骚》类似的政治抒情诗还有《九章》，一共9篇。其中《橘颂》是早期作品，诗人以岁寒不凋的橘树，象征自己"受命不迁"、"秉德无私"的高尚品格。其余各篇都写在流放期间。由于结合流放中的现实生活，多采用直接倾泻和反复吟咏的方法来表现其奔放的激情。如《惜诵》写被谗见疏的冤屈和矛盾痛苦的心境；《抽思》抒发作者的孤独和思念国都的沉痛；《怀沙》是投江前的绝笔诗，痛斥党人的无耻，表达自己宁死也不改变节操的决心;《哀郢》从目睹楚国京城郢都失陷、百姓流离失所写起,追叙当年遭谗被放离开郢都,流放途中思君忧国的情怀,倾吐心中对佞臣嫉贤害能、欺君误国的愤懑。这些诗篇都是诗人饱含着血泪写成的,显示出他高尚的情操和伟大人格。尽管没有《离骚》那样多的幻想和夸张,也是强烈的政治性与浓郁的抒情性的完美结合。

《九歌》是屈原根据民间祀神乐歌加工创作的一组祭歌,共11篇。除《国殇》祭祀为国牺牲的英灵外,其余都是祭祀日月山川星辰等自然之神的,它们艺术地反映了当时人们崇拜自然的情景。《湘君》和《湘夫人》描写了湘君和湘夫人这一对神的爱情悲剧,曲折地表现了楚国人民对纯洁爱情的赞颂和对幸福生活的向往。《山鬼》祭祀的是巫山女神,她渴望得到真诚的爱情,也十分诚挚地把全部感情献给所爱的人。其他几篇,也都多少有人神恋爱的意味。《九歌》中绝大多数诗篇都充满了浪漫气息,富于情致缠绵的格调。诗人善于把人、神交融起来描写,既注意神的自然形态的表现,又揭示出他们人的感情、欲望、追求和性格。诗人还善于把山水景物、环境气氛、人物容貌动作的描绘和内心感情的刻画十分和谐地统一起来。例如《湘夫人》中写道:"帝子降兮北渚,目眇眇兮愁予。嫋嫋兮秋风,洞庭波兮木叶下。"秋风萧瑟的自然景象烘托出人物内心的无限惆怅,意境优美,余韵悠长。这是千古传诵的名句。又如《山鬼》:"雷填填兮雨冥冥,猿啾啾兮狖夜鸣。

风飒飒兮木萧萧,思公子兮徒离忧。"文辞凄艳,情景交融,意境幽深,亦属佳句。《国殇》比较特殊。全诗刻画了楚国将士们英武不屈、视死如归的英雄形象,歌颂他们"身既死兮神以灵,魂魄毅兮为鬼雄",英灵不泯,浩气长存。诗人在其中倾注了强烈的爱国激情,也体现了自己"首身离兮心不惩"与"虽体解吾犹未变兮"的不屈性格。风格悲壮刚健,声情激越,别具一格。

《天问》全诗370多句,1500余字,是屈原的第二首长诗,也是文学史上的一篇奇文。它以诗的形式从开头到结尾一连提出了170多个问题,其中包括宇宙的形成、天地的开辟、日月的运行,以及远古人类的神话传说和朝代兴亡的历史等社会内容,既表现他对现实的愤懑抗议之情,也表现他对有关宇宙、历史、人生、传统观念的大胆怀疑和批判精神。诗歌基本上是四言句,通篇发问,却写得变化错综,并不单调。

屈原是我国文学史上第一位伟大的爱国诗人。他的爱国思想感情和高洁的品格,千百年来哺育了一代又一代进步作家。他还开创了诗歌由民间集体创作到作家个人创作的新时代。屈原不仅是诗歌领域浪漫传统的开创者,而且,他把以远古神话传说为源头的中国浪漫主义文学传统,和以《诗经》为源头的中国现实主义文学传统作了创造性的综合融会,从而把中国文学推上了主观与客观紧密结合、浓厚浪漫色彩与强烈现实精神有机统一的健康发展之路。屈原以楚地民歌为基础创造了崭新的文学体裁——骚体（楚辞体），写出了《离骚》这样光照日月的名篇，展示出我国诗歌史上第一个具有鲜明性格的血肉丰满的抒情主人公形象，这在诗歌史上也是空前的，对我国文学的发展产生了巨大而深远的影响。从此，"风"、"骚"并称，被认为是中国古代诗歌的典范和评论诗歌的最高准则。汉赋的产生，直接受骚体的影响；诗歌由四言演化为五、七言的过程中，楚辞以其长短参差的杂言句式，打破了《诗经》四言的定型化，从而为五、七言诗的出现铺平了道路。屈原在世界文学史上的地位也足以与荷马、但丁等一流诗人相比，并以其富于华夏民族特色的思想境界和抒情艺术，为人类的文学传统增添了光彩。1954年世界和平理事会纪念世界四大文化名人，屈原即是其中之一。

屈原之后，先秦的楚辞作家著名的有宋玉（生卒年不详）。《九辩》是他的代表作，感叹怀才不遇，境况落寞，情绪较低沉，但对当时社会的黑暗有所指责，流露出对楚国命运的关心。在艺术上有模仿屈原的明显痕迹，但也有独创性，长于铺陈描绘，文辞华美，刻画入微，写景抒情都曲尽其妙。"悲哉，秋之为气也！萧瑟兮，草木摇落而变衰……"一声深长的慨叹，立即把人们带到那凄凉伤感的心境和衰颓寥落的秋色之中。《九辩》开头这一段被前人称为"千古绝唱"，引起后世许多失意文人的共鸣。此后，悲秋伤怀成了一个诗文反复歌咏的主题。

汉乐府民歌对《诗经》风体诗的发展

《诗经》、《楚辞》确立了中国古代诗歌反映现实、讴歌理想、从民间文学汲取营养的艺术传统。但在秦汉时期,"风骚"精神并没有在文人的创作中发生应有的影响。"诗三百"被汉儒支离破碎地曲解成封建教条,屈宋的楚辞在贾谊手上演化成骚体赋,再被枚乘、司马相如等贵族文人发展成铺张扬厉的大赋,走入了死胡同。《诗经》所创造的四言体和由楚辞发展而来的骚体在文人手中,从思想到艺术均已僵化。这时,两汉乐府民歌以其新鲜的内容和自由的形式放射出夺目的光彩。

乐府本指专管音乐的机关,乐即音乐,府指官府。乐府早在秦时已出现了。汉沿秦制,到汉武帝时,乐府的编制更加扩大,职能也更为健全。它的具体任务是制定乐谱,训练乐工和搜集歌辞。魏晋六朝时,人们将乐府所演唱的诗,统统叫做"乐府"。于是所谓乐府便由音乐机关的名称一变而为一种带有音乐性的诗体的名称了。汉代乐府所演唱的歌辞中有许多是从各地采集来的民歌。它们就是今天所说的"乐府民歌"。今存不过60首左右,主要保存在宋代郭茂倩所编《乐府诗集》的"相和歌辞"、"杂曲歌辞"和"鼓吹歌辞"三类之中。

汉乐府民歌进一步丰富和发展了《诗经》的风体

诗。表现在以下几点。

第一，具有强烈的现实主义精神。汉乐府民歌在思想内容上继承了《诗经》"饥者歌其食，劳者歌其事"的写实传统，"感于哀乐，缘事而发"，广泛地反映了当时的社会生活和阶级矛盾，表达了劳动群众的思想感情，展现出时代的风貌。有许多篇章是劳动人民在饥寒交迫的困境中发出的悲愤的控诉。例如《妇病行》抒写一个家庭的悲惨遭遇，深刻地揭露了封建剥削的罪恶。病妇临终前含着热泪恳求丈夫："莫我儿饥且寒，有过慎莫笪笞。"可是丈夫一贫如洗，无法抚养孩子，被迫到市上行乞。《平陵东》写如狼似虎的官吏劫去了"义公"，勒索"钱百万"和"两走马"。可怜的"义公"只好卖掉心爱的小黄牛来凑数。这是无辜的受害者对贪暴官吏压榨良民的悲愤控诉。有的作品，表现了劳动人民不堪阶级压迫剥削，奋起反抗的情景。《东门行》写一位贫民"盎中无斗米储，还视架上无悬衣"，饥寒交迫，铤而走险，"拔剑东门去"。妻子牵衣哀求他不要去，他愤然决绝地回答："咄！行！吾去为迟，白发时下难久居！"他终于走了，要用手中的剑为自己杀出一条生路。有些作品还揭露了战争与徭役带给人民大众的灾难和痛苦。《十五从军征》写一个老兵自述少小离家，转战沙场；当他回到阔别65年的故乡时，家人早已死尽。他看到的只是荒坟累累，野草丛丛。他独自采集野谷野菜煮饭，饭菜熟了，却无人同食，更无人共话凄凉。他只能"出门东向望，泪落沾我衣"。这首诗以白描手法勾勒出触目惊心的图景，表达了人民大众对黑暗兵役制度的强烈抗议与悲愤控诉。

由于封建礼教的加强，汉乐府民歌对爱情的描写，已缺少《诗经》中那种欢快喜悦的篇章，而是笼罩着一层悲伤的气氛。如《有所思》就描写了一位女子在突然听到情人变心时的痛苦心情。《白头吟》、《怨歌行》、《塘上行》、《上山采蘼芜》、《孔雀东南飞》等都是表现弃妇可悲命运的作品。这是汉乐府民歌的又一重要主题。还有一些作品暴露了上层社会的腐朽和丑恶。例如东汉桓灵时期流行的民谣唱道："举秀才，不知书。举孝廉，父别居。寒素清白浊如泥，高第良将怯如黾（音 měng）。"讽刺统治者名不副实，一针见血。还有《长安有狭斜行》讽刺当政者卖官鬻爵，《相逢行》奚落豪贵子弟，《陌上桑》采用喜剧手法揭露"使君"的荒淫无耻。

汉乐府民歌中还有些作品描写劳动情景。如《江南》："江南可采莲，莲叶何田田。鱼戏莲叶间。鱼戏莲叶东，鱼戏莲叶南，鱼戏莲叶北。"诗中描写鱼儿戏水于莲叶间，既展现出江南水乡美丽的自然风光，又暗喻采莲人在劳动中相互爱恋的情景。全诗语言质朴生动，音韵回环反复，宛如带露的荷花，清香沁人。

第二，叙事诗数量多，艺术水平高，标志着我国叙事诗的成熟。《诗经》主要是抒情诗，其中一些叙事作品或缺乏完整的人物和情节；或虽有贯穿全篇的人物故事，但描写大多比较简单、粗略，有些篇章叙事也像流水账似的记录。《楚辞》更是以抒情为主。而汉乐府民歌多为叙事诗。诗中所描绘的人物形象个性鲜明，有血有肉，对人物内心世界刻画细致入微，叙事方法多种多样：有客观地讲故事，也有自我叙述；有头尾完整的故事，也有截取生活中的片断；有戏剧表现式的，也有对话式的。特别是《孔雀东南飞》长达340余句，1700余字，生动地描述了焦仲卿与刘兰芝夫妇遭受封建礼教迫害的爱情婚姻悲剧，塑造了刘兰芝、焦仲卿、焦母、刘兄、刘母等一群性格鲜明、富于典型意义的人物形象。作品主要通过声情毕肖的对话和生动传神的动作描写来刻画人物性格。全篇结构完整，情节曲折，矛盾冲突尖锐集中，富有极强的戏剧性，又有一个浪漫色彩的结尾。《孔雀东南飞》是古代民间叙事诗中最杰出的篇章，代表了汉代乐府民歌的最高艺术成就，被明代王世贞称为"长诗之圣"（《艺苑卮言》卷二），后改编为戏文演唱，一直延续至今。

第三，诗体形式的大发展。《诗经》是以四言为主，《楚辞》是以四言和六言为基础的自由体，字数多少没有明显定数。汉乐府民歌逐渐趋向五言，有成熟的五言诗，也有以五言为主的杂言体。五言由两个双音节词和一个单音节词组成，音节错落，既不似四言单调，又较《楚辞》整齐；既便于记诵，又适宜表现复杂的事物和感情，因此五言诗极富生命力。它自汉代产生以后，成为古典诗歌重要的基本形式。这是汉乐府民歌对我国诗歌发展的重大贡献。

3 文人五言诗的兴起

汉乐府民歌中的五言体借助音乐的力量广泛流传，逐渐吸引文人们的模仿和创作，于是就有了文人的五言诗。

东汉初年班固所写的《咏史》是现存最早的一首五言诗，但"质木无华"。此后，又有张衡的《同声歌》，技巧有了进步。到了东汉末桓、灵之际，五言诗的技巧已臻于成熟，出现了秦嘉、赵壹、辛延年、宋子侯等作者。五言诗的兴起，与乐府民歌的哺育是分不开的。像辛延年的《羽林郎》和宋子侯的《董娇娆》，都是模仿乐府民歌的成功之作。《羽林郎》歌咏一个卖酒女反抗贵族家奴调戏的故事，题材和表现手法都同汉乐府民歌的名篇《陌上桑》相似。

除了这些有作者姓名的五言诗，还有许多无名氏的作品流传了下来，以梁代萧统所编《文选》中收入的《古诗十九首》为代表，它们的作者大多是地位低下、怀才不遇的文人，长年游学仕宦，漂泊异乡，功名不就，备尝艰辛，于是在诗中抒写着种种苦闷忧愤：或叹老嗟贫，或思乡怀人，或伤知音稀少，或恨世情凉薄……大致可分为游子思妇之辞和伤时失意之作两大类。前者以《客从远方来》为代表，写一位女子对情郎的思念。通篇借月色映衬，把一缕怀人情愫写得格外幽怨深绵。后者以《回车驾言迈》为代表，写一个赶着车子在悠悠长道上颠沛奔波的人物形象，来揭示人生道路的艰难，用一幅"东风摇百草"的萧瑟景象来喻示年华易逝，从而引出"所遇无故物，焉得不速老"的深沉悲哀。其他如《驱车上东门》、《生年不满百》等，都流露出及时行乐的消极思想，反映了社会大动荡前夕在一般文人中普遍存在的悲观绝望情绪。

和乐府民歌比较起来，《古诗十九首》在思想上有很大的局限性，其中虽有对黑暗现实的批判，但大多数作品只是苦闷的叹息，然而在艺术上却有很高的造诣。首先，它们非常注意在叙事、写景中写人、抒情，往往用事物来烘托，融情入景，紧密结合，达到天衣无缝、水乳交融的境界。其次，它们交替使用比、兴、赋手法，在赋中比、兴，在比、兴中用赋，即使比与兴也往往互相渗透，彼此交错，这就使作品笔墨俭省，言近旨远，语短情长，余味无穷。再次，它们的语言明白晓畅，浅近自然，注意运用叠字、双关、排比等修辞手段，保存着乐府民歌清新活泼的特色。最后，在诗体上，采用了整齐的五言句式，讲究韵律，如对偶增多，双句押韵，节拍协调，出现了大量二、四字异声的诗句等。这些都为以后的律体诗打下了良好的基础。试以《迢迢牵牛星》为例："迢迢牵牛星，皎皎河汉女。纤纤擢素手，札札弄机杼；终日不成章，泣涕零如雨。河汉清且浅，相去复几许？盈盈一水间，脉脉不得语。"此诗借牛郎织女的神话故事，写夫妇间一种想望的痴情，从写景、抒情、比兴象征，以及语言上讲究押韵、对仗、叠字、排比等修辞的运用来看，

二 中国诗歌的丰富和发展

都达到了自然高妙的境地，使整首诗和谐统一，优美动人。

　　总之，《古诗十九首》是我国诗歌史上文人五言诗的第一批丰硕成果。它不仅继承和发展了"乐府诗"中抒情的技巧，并进一步融合了《诗经》、《楚辞》的艺术成果，使五言诗成为一种更成熟的形式，因而得到了古往今来众口一词的高度评价。刘勰称之为"五言之冠冕"（《文心雕龙·明诗》）；钟嵘称赞它们"惊心动魄，可谓一字千金"（《诗品》）；明代胡应麟认为它们"不假雕琢，工极天然"（《诗薮》内编卷二）。《古诗十九首》是民歌转变为文人诗的关键。它直接影响了建安时代的诗人曹操、曹植、王粲、陈琳，以及魏晋南北朝时期的阮籍、陶渊明等许多诗人的诗歌风格、意境、结构、语言，开拓出一代诗风。

4　建安风骨与正始之音

　　在《古诗十九首》之后，我国诗坛上掀起了第一次文人诗歌的高潮，这就是著名的"建安诗歌"。"建安"是东汉最后一个皇帝汉献帝（刘协）的年号（196～220年），但文学史上的"建安文学"并不只限于这二十五年，而是指汉末魏初将近半个世纪的文学。这个时期的文学以曹魏集团为中心，与之鼎立的蜀汉、孙吴集团文学成就都不太高，诗歌方面尤其逊色。

　　建安文学得到蓬勃发展不是偶然的，时代提供了孕育它的种种因素。一是建安作家经历了汉末的大动乱，许多人卷入了战乱的漩涡，有的甚至被推到社会底层。曹操、曹丕、曹植、王粲、蔡琰，或有过戎马生涯，或被迫流离漂泊，或陷身胡地。这些广泛的社会经历，使文人们扩大了视野，体察了民情，故其诗歌具有较充实的社会内容和真情实感。二是作家解除了儒家思想的束缚，勇于进取。由于社会的巨大动荡，自汉武帝以来处于独尊地位、渗透阴阳五行和谶纬神学的儒学，失去了对人们的支配地位。曹操讲刑名，用人唯贤，不拘门第品格，代表着一种新的时代思潮。文士们则托主自效，积极追求建功立业，表现了一种不同于东汉儒士的人生观。三是受汉乐府民歌的影响。汉乐府民歌的写实精神以及叙事抒情的艺术技巧，大大吸引了建安诗人向民歌学习，吸取营养。四是曹氏父子的倡导和带头创作。曹氏父子既是政治上的权势人物，又是文学爱好者。他们奖励文学，招揽文士，把建安"七子"、杨修、繁钦、蔡琰等人都招致邺下（曹魏的政治中心，在今河北省临漳西南），形成一个富有生气的文人集团。他们的积极创作，造成了诗坛"彬彬之盛"的局面。

建安时期的著名诗人"三曹"，即曹操和他的儿子曹丕、曹植。曹操（155～220年）不仅是一位杰出的政治家、军事家，也是一位著名的文学家，是建安文学新局面的开创者。他在戎马倥偬中写了许多诗歌，全是乐府歌辞。他继承了汉乐府民歌"缘事而发"的精神，用乐府古题自创新调，利用旧形式表现新内容，真实地反映军阀混战造成的社会离乱和人民颠沛流离的残酷现实。无论是叙事述怀，还是状物抒情，他都表现出一位政治家的博大胸襟和深刻眼光。这是曹操诗歌的显著特点。《蒿里行》等诗篇被后人赞为"汉末实录，真诗史也"（钟惺《古诗归》）。其中"关东有义士，兴兵讨群凶"，"势利使人争，嗣还自相戕"，"铠甲生虮虱，万姓以死亡。白骨露于野，千里无鸡鸣。生民百遗一，念之断人肠"等诗句，展现了汉末中原军阀混战、动乱悲惨的时代画面。《短歌行》等诗篇，抒写自我的胸怀抱负，表达了广求人才、一统天下的政治理想。《龟虽寿》写道："老骥伏枥，志在千里；烈士暮年，壮心不已。"表现了作者老当益壮、锐意进取的精神风貌，是千古传诵的名句。《观沧海》云："东临碣石，以观沧海。水何澹澹，山岛竦峙。树木丛生，百草丰茂。秋风萧瑟，洪波涌起。日月之行，若出其中；星汉灿烂，若出其里。"诗人将其包举宇内、囊括四方的宏伟壮志和横溢的豪情融合在大海的壮阔图景中。清人沈德潜认为此诗"有吞吐宇宙气象"（《古诗源》）。总之，曹操的诗基本上脱胎于汉乐府，但颇具独创性：语言质朴自然，不事雕琢，形式比较自由，坦露出这位盖世英雄兼诗人复杂的内心世界，形成一种"如幽燕老将，气韵沉雄"的独特风格（敖陶孙《诗评》）。

曹丕（187～226年），是曹操的次子。他的诗歌描写男女爱情和离愁别恨较有特色。例如《燕歌行》采用情景交融的手法抒写一位女子对丈夫的思念，笔致委婉、曲折细腻，语言清丽，很能代表曹丕诗歌的艺术特色。这首诗句句押韵，一韵到底，是现存最早的七言诗，对后世七言诗的发展有重要作用。

曹植（192～232年），是曹丕之弟。他是建安时期最负盛名的作家，今存诗歌80多首。他的诗歌创作可以分为前后两个时期。前期诗歌以《箜篌引》、《白马篇》、《名都篇》为代表，内容多是表现他的安逸生活，吐露他的志趣和抱负，也有少数作品反映了人民的疾苦。例如《泰山梁甫吟》描写了滨海地区人民的悲惨生活。后期诗歌以《野田黄雀行》、《赠白马王彪》为代表，内容多是反映曹丕父子对他的迫害，抒发个人的愤懑不平，暴露封建统治阶级内部的倾轧。曹植诗歌的艺术成就很高。他是第一个大量写作五言诗的人，由于其诗歌的艺术力量，大大吸引了后来的诗人，推动了五言诗的发展。他又是第一个使乐府诗文人化的作家。他的诗歌脱胎于汉乐府民歌和《古诗十九首》，也有自己的创造和发展。他利用乐府形式广泛地抒发自己的感情，使以叙事为主的乐府转为以抒情为主；他以华美的辞藻，改变了乐府诗古朴的语言风格；他在写作技巧方面也很讲究，善用比喻，多为通篇作比，又注意对偶、炼字以及声色的配合，如"明月澄清景，列宿正参差。秋兰被长坂，朱华冒绿池。潜鱼跃清波，好鸟鸣高枝"（《公宴诗》）。他的诗还多用警句开头，调高气足，笼罩全篇，被后人赞赏不绝。曹植能够在使用华丽辞藻和精致句式的同时，保持着雄健笔力和浑厚气象，从而形成"骨气奇高，词采华茂"（钟嵘《诗品》）的风格，既有别于曹操的古直沉雄，也迥异于曹丕的柔丽婉转。

建安诗人除曹氏父子外，最著名的是被称为"建安七子"的孔融、王粲、刘桢、阮瑀、徐幹、陈琳、应玚。其中王粲（177～217年）成就最高。他现存诗20多首，《七哀诗》流传最广。这组诗一共3首，第一首描写董卓部将作乱给人民造成的苦难。诗歌在"出门无所见，白骨蔽平原"的凄凉悲惨背景下，突出了"路有饥妇人，抱子弃草间"的典型事件，形象地概括了广大人民的不幸遭遇，成为反映离乱的名篇。

同七子并称的有著名女诗人蔡琰（生卒年不详），字文姬，是东汉著名学者蔡邕的女儿。在汉末动乱之中她曾经被掳到南匈奴十二年，后被曹操赎回。她写的《悲愤诗》是一首自传体的长篇诗歌。诗歌从她被董卓乱兵所掳写起，揭露了乱兵残杀百姓的罪行，描绘了"马边悬男头，马后载妇女"，"白骨不知谁，纵横莫覆盖。出门无人声，豺狼号且吠"的凄惨场面，感人肺腑，催人泪下。

建安诗歌继承了汉乐府的现实主义精神，展现了当时社会的离乱和人民的疾苦，表达了诗人建功立业的要求和统一天下的宏伟抱负，真实地反映时代风貌；在艺术上，意境宏大，笔调明朗，抒情真率，形成一种悲凉慷慨、刚健有力的风格，因此被后人誉为"建安风骨"。从此，建安风骨成为我国文学史上一个进步的传统，被后人作为反对绮靡文风的旗帜。

"建安诗歌"之后，有所谓"正始诗歌。""正始"是魏齐王曹芳的年号（240～249年）。但正始诗歌并不限于这十年，而是指曹魏后期二十多年间的诗歌创作。这个时期曹魏统治势力日趋削弱，代表豪门士族势力的司马懿父子为了篡夺政权，残酷屠杀曹魏宗室和进步人士，造成黑暗、恐怖的政治局面。在这种强权政治的高压下，诗人们大多接受了老庄的处世哲学，把心中的抑郁和愤慨寄托在饮酒做诗或玄学清谈之中，对黑暗现实采取了消极反抗的态度。诗歌创作的内容也多抒发忧生惧祸、高蹈遗世之情，现实性有所减弱。这个时期的代表作家有嵇康、阮籍、山涛、向秀、阮咸、王戎、刘伶七人，他们时常结伴游于竹林之中，肆意酣畅，世称"竹林七贤"。不过，他们的政治态度并不一致。真正能代表正始诗歌成就的是阮籍（210～263年）和嵇康（223～262年或224～263年）。阮的代表作是《咏怀诗》82首，嵇的代表作是《赠兄秀才入军》18首和《幽愤诗》。

以阮籍、嵇康为代表的正始诗歌，虽不如建安诗歌那样富有强烈的现实性，但它的主要倾向还是对黑暗现实的不满和反抗，基本上继承了建安诗歌的优良传统。在艺术表现方面，多采用比兴、象征手法，风格清俊幽深，言近旨远，归趣难求。这种诗风对于后世诗歌创作影响深远，形成了一种追求言外之意、弦外之音的传统。特别是阮籍大量创作五言诗，开创了"咏怀"这种随意所至、不拘一事一题的独特抒情方式，对后来陶渊明的《饮酒》、庾信的《拟咏怀》、陈子昂和张九龄的《感遇》、李白的《古风》等托喻寄兴的咏怀组诗，都有明显的影响。

5 陶渊明诗歌的杰出成就

265年,司马炎代魏称帝,建立了西晋。西晋初,著名诗人有傅玄、张华等人。至太康(280~289年)、元康(291~299年)间,天下暂时趋于安定,文士渐多,"三张"(张载、张协、张元)、"二陆"(陆机、陆云)、"两潘"(潘岳、潘尼)、"一左"(左思),擅美一时。此时诗风渐趋华靡,慷慨之气、幽深之思颇为不足,但艺术形式之美,较建安、正始有所发展。其中张协、陆机、潘岳、左思诸家之作,都各有特色,尤以左思(约250~约305年)成就最为突出。他的《咏史》8首借用历史事实来抨击士族门阀制度的专制和特权,为政治上受压抑的寒士鸣不平。左思的诗不仅具有比较深刻的社会内容,而且形象鲜明,情调高亢,笔力矫健,气势充沛,在西晋诗坛上独树一帜,被后人誉为"左思风力"。它与"建安风骨"一脉相承。

西晋末怀帝永嘉(307~313年)以后至东晋末,玄言诗兴盛并逐渐占据了诗坛。玄言诗宣扬老庄消极处世思想,高谈玄理,"辞意夷泰","理过其辞",却培养了文人高旷的心志。因诗人们常借山水寄托玄理,故而玄言诗又孕育着山水诗的幼芽。永嘉时,刘琨(271~318年)的《扶风歌》和《重赠卢谌》等诗的爱国激情与清刚之气上追建安;郭璞(276~324年)则发展了以游仙诗咏怀的独特表达方式。但总的来看,东晋的诗歌创作是衰落的。自刘琨、郭璞相继去世以后，玄言诗泛滥了将近百年，除了王羲之、孙绰、许询、殷仲文、谢混等二三流诗人外，没有出现真正有成就的大家。

从东晋末年到刘宋初，出现了我国中古时期的卓越诗人陶渊明。他在晋宋诗坛上，"如孤鹤之展翮于晴空，朗月之静挂于夜天"，使诗坛的风气为之一变。陶渊明（365或372或376～427年），字元亮，一说名潜，字渊明。他少年时胸怀大志，但其个性与污浊官场格格不入，故而只做过几任小官，就隐居田园了。他的诗今存120多首，绝大部分是五言诗。按其内容可以大致分为三类：抒写情志、讥讽时事的咏怀诗，描写田园景色、乡居生活的田园诗，以及哲理诗，尤以田园诗成就为最。诗中描绘田园恬静优美的自然风光，抒写自己劳动生产的体验和闲居交游、读书饮酒等生活。他把田园自然风光看成是一种人生的安身立命之所，看成是同黑暗现实、混浊官场对立的理想境界，因而他竭力把自己的社会政治理想、人格理想对象化，使田园与自然精神融会为一。他还在《桃花源诗并记》中展现出一个没有剥削没有压迫、人人劳动、生活富裕愉快的理想社会，同肮脏的尘世相对立，表达诗人对封建剥削制度的严厉批判，对封建君权的大胆否定，也表达了广大农民要用自己的劳动创造和平幸福生活的强烈愿望，这是十分难能可贵的。陶渊明的咏怀诗和咏史诗，有的直抒胸臆，有的即事兴情，有的托物言志，有的借古讽今。诗人从不同的角度表现自己的志趣与怀抱，抒发对仕宦的厌倦和归田的愿望，感慨岁月流逝而壮志未酬，咏赞安贫乐道、不慕名利的高尚情操，揭露官场的险恶与污浊，指斥门阀制度对人才的压抑，抨击社会上趋炎附势、虚伪奸诈的恶劣风气。还有一些作品，如《咏荆轲》、《读山海经》等，歌颂神话传说中的英雄、牺牲者和历史上反抗暴政的壮士，隐曲地讽刺时政，倾泻出他对统治者荒淫残暴、篡弑杀夺的憎恶与愤激，被鲁迅先生称为"金刚怒目式"的作品。他的哲理诗中，有不少洞悉物理、彻悟人生的真知灼见。有些作品如《形影神》等，还深刻地批判了当时佛教所宣扬的唯心的形尽神不灭说，显示出诗人朴素唯物主义的思想锋芒。他善于将哲理同生动的形象、充沛的感情交融起来，因此他的哲理诗有理趣而无理障，能给予读者深邃的思想启迪和美妙的艺术享受。可以说，他是中国古代杰出的哲理诗人之一。

陶诗具有极高的艺术造诣，被后人推崇备至，看成是"为诗之根本准则"。它的基本风格是率真、自然，毫不矫揉造作。读陶诗如与诗人促膝而谈，只觉得真情流注，肺腑相通。陶渊明抒写情感很有特点：他善于用散漫的笔法勾勒出几幅寻常的农家生活场景，经营出一个宁静谐美的境界，让自己的情感自然地从画面中渗透出来。他也善于在咏物写景中融入自己的主观情感和个性特征。在他的笔下，傲雪盛开的菊花、"含熏待清风"的幽兰、"卓然见高枝"的青松、"暧暧空中灭"的孤云、"日暮犹独飞"的归鸟，都是他孤高傲世、守正不阿人格情操的象征。陶诗的语言也很有独到之处。诗人擅长用"草屋"、"墟里"、"桑麻"、"井灶"等这类浅显古朴的"田家语"和白描的手法传写农村的生活情调和气氛，描绘出一幅幅平淡无奇却极有神韵的画面，达到了"豪华落尽见真淳"的"化工"境界。诗人还善于用精炼准确、简淡平易的词句来体情状物。如"蔼蔼堂前林，中夏贮清荫"，一个"贮"字，使盛夏林木的清凉之意似乎有了形状，成了贮积在浓荫中的一泓清潭。再如"倾耳无希声，在目皓已洁"，仅十字就传达出雪的轻虚洁白，甚至使人感到雪野在静穆中仿佛发出神秘的声音。又如"有风自南，翼彼新苗"，"平畴交远风，良苗亦怀新"，把迎风拂动的禾苗写得生意盎然、活泼可爱，似有性灵，有生命。类似的传神之笔，在陶诗中随处可见。如果用绘画来比喻，陶诗既不是精致细密的工笔画，也不是浓涂艳抹的重彩画，而是曲肖神理的写意画。前人说，陶诗的语言风格，"质而实绮，癯而实腴"（苏轼《与苏辙书》），即质朴中含有文采，貌似枯槁实则丰腴，不仅明白如话，而且诗情浓郁，具有言淡旨远的特点。

　　陶渊明是文学史上一颗耀眼的明星。他最大的贡献在于开创了田园诗派。他的田园诗和稍后谢灵运的山水诗把无数诗人引入崭新的创作天地，改变了玄言诗统治文坛的局面。由于陶渊明第一次大量地发掘田园生活素材，并在艺术上卓有成效，才使后来的人们真正认识到田园生活的确有着世俗生活所没有的特殊美感,并继续致力于对这一领域的开掘,这就有力地推动了古典诗歌的发展。陶诗的艺术境界渊深朴茂,衣被后学,诸如王维、孟浩然、韦应物、范成大等山水田园诗人,无不祖述陶诗,在学陶的基础上形成各自的创作风貌。陶诗以其自然率真被后人奉为"平淡之宗",历代有成就的诗人极少不对他表示推崇和受到他的艺术熏陶的,其中包括大诗人李白、杜甫、白居易、苏轼、陆游等。

陶渊明对后世的思想影响也很深远。他在诗歌中所表现的高洁不群、光明坦荡的人格和蔑视权贵、不肯同流合污的气节,给后人树立了一个守正不阿的榜样。他的"桃花源"理想给后人以深刻的启示,鼓励着人民去追求自由和平的生活。至于那些"金刚怒目式"的诗篇,也激励着有志之士为正义真理而斗争。

6 南北朝乐府民歌的特色

南北朝指从东晋灭亡到隋统一(420~589年)的170年间。这时,南朝相继为宋、齐、梁、陈;北朝自北魏统一北中国(439年)起,后分裂为东魏、西魏,又相继为北齐、北周所代,最后均为隋所统一。

这个时期的民歌创作继汉代民歌以后又一次活跃起来,它们像一片灿烂的繁星辉映诗坛,像一股充满活力的清泉滋润着当时及后世文人的诗歌创作。

南朝乐府民歌今存400余首,主要保存在郭茂倩《乐府诗集》中,绝大多数属于《清商曲辞》中的

"吴声歌"和"西曲歌"两个部分。此外,《杂曲歌辞》和《杂曲谣辞》中也各有少数几首。"吴声歌"产生于当时首都建康(今南京)一带,"西曲歌"产生于长江中游和汉水流域一带。

南朝民歌内容比较狭窄,几乎全是反映男女爱情的,而且有许多不健康的东西。这是极端腐败的南朝统治阶级,为了自己声色享乐的需要而专门采集的结果,许多直接反映社会问题的歌谣则被排除在乐府之外。尽管如此,那些真正来自民间的作品仍然反映了当时社会生活的面貌和人民的喜怒哀乐,散发出朴素清新的气息。南朝民歌的代表作是《西洲曲》。这是一首抒情长诗,可能经过文人的加工润色。诗中倾诉一个女子的四季相思之情。全诗抒情细腻真挚、含蓄委婉,想象新奇丰富;善于运用景物来暗示时间季节的推移,以动态描写表现人物的心理变化;运用了接字钩句、谐音双关、比喻等丰富的修辞手法,如"风吹乌臼树,树下即门前","低头弄莲子,莲子青如水,置莲怀袖中,莲心彻底红"等,使作品环环相扣,连贯流畅,又将难言之隐、难写之情以隐语出之,令人回味无穷;诗的语言清新、自然、优美,节奏明快,韵律和谐,通篇五言,四句一换韵,韵脚平仄相间,读来朗朗上口,具有极优美的音乐效果。《西洲曲》是南朝乐府民歌在艺术形式上最成熟的杰作之一。

北朝乐府民歌主要保存在《乐府诗集·梁鼓角横吹曲》中,今存 70 首,数量不及南朝多,反映的社会内容比较丰富，艺术风格也迥然不同。北朝乐府大多产生于北方平沙大漠、草原旷野之地，故而风格豪放刚健、慷慨激昂，意境雄浑壮阔。题材范围广泛，除了大胆直率的情歌以外，还有战歌、牧歌和反映人民困苦流离的歌谣，现实性和战斗性都很强，有浓厚的汉乐府色彩。例如《陇头歌》三首抒写了人们在战乱频繁、徭役沉重的境况下饱受颠沛流离的痛苦，读之令人感慨。又如《敕勒歌》："敕勒川，阴山下。天似穹庐，笼盖四野。天苍苍，野茫茫，风吹草低见牛羊。"这是由鲜卑语翻译过来的敕勒族的牧歌，仅用27个字，便生动地勾画出苍茫辽阔的草原，随风起伏的牧草，时隐时现的牛群和羊群，气势雄浑。歌手开阔爽朗的胸襟和乐观豪迈的性格，清晰地浮现在读者面前。

北朝民歌中最杰出的代表作是《木兰诗》。这是一首广泛流传的长篇叙事诗，诗中叙写木兰女扮男装代父从军的故事，塑造了一个勤劳、淳朴、勇敢、智慧、坚强的爱国女英雄形象，集中地体现了中华民族妇女的优秀品质，有力地批判了重男轻女的封建陋习，展示了妇女要求平等和独立解放的精神面貌。这首诗下笔大刀阔斧，情节腾挪跌宕，擅长运用排比笔法和复迭句式来叙事抒情，也善于渲染一种喜剧情调。全篇以五言句为主，又多用杂言句，和谐统一，语言活泼明快，流畅自然。诗中还运用了夸张、比喻、对偶、铺排等多种修辞手法，却无雕琢之痕，保持了古朴刚健的自然本色。押韵不避重字，转韵自如，读来朗朗上口。诗的结尾唱道:"雄兔脚扑朔,雌兔眼迷离,双兔傍地走,安能辨我是雄雌。"用一个新鲜的比喻,妙写木兰为自己乔装得叫人男女莫辨俏皮而自豪的心态,饶有民歌的活泼风趣,耐人寻味。《木兰诗》与《孔雀东南飞》可以说是我国古代诗歌史上民间叙事诗的"双璧",异曲同工,辉映千古。

南北朝乐府民歌以清新明快的风格和生动活泼的口语,打破了晋诗典雅板滞的语言和玄言诗质木枯燥的风格,对南北朝诗歌语言风格的变革起了关键性的作用,为南北朝诗乃至唐诗的发展开辟出一条康庄大道。南北朝乐府民歌创造了抒情小诗的新体裁,成为五七言绝句的源头。北朝民歌刚健清新的气质,对隋唐边塞诗有直接的影响;而南朝乐府的大量情歌,也为后世爱情诗创作提供了艺术营养。南北朝民歌巧妙而多样的修辞手段和各种艺术技巧,丰富了我国古典诗歌的表现能力,使后世诗人沾溉无穷。

7 南北朝诗人对诗艺的贡献

在学习、借鉴南北朝民歌的过程中,南北朝文人的诗歌创作也取得了一定成就,对诗歌的发展作出了各自不同的贡献。特别是南朝文人诗歌,其成就远远超过北朝,并成为唐诗全面繁荣的必要准备和过渡阶段。

这表现在以下几个方面。

其一,谢灵运与山水诗。从晋末宋初开始,流行了一百多年的空泛、神秘的玄言诗逐渐被山水诗所代替。这是南朝诗歌的一个显著变化。自东晋以来，由于社会动乱，隐逸之风愈加盛行，企图逃避现实的士大夫沉溺于山水之间，把玩赏山水当做主要的精神寄托。东晋以来盛行的玄言诗，也往往借助自然山水来表现玄理思想，因而本身就包含着一定的山水成分。但玄言诗平淡寡味，已不能满足人们的审美要求，因此，当谢灵运为排遣政治上的失意而写下大量的山水诗时，立刻被人们所接受并模仿。于是山水描写终于从玄言诗中独立出来，一个崭新的诗歌领域出现在人们面前。谢灵运便是确立山水诗派的第一位著名诗人。

谢灵运（385～433年），出身大士族家庭，祖父是东晋大贵族谢玄。他18岁袭封康乐公，所以被称为谢康乐。他用富丽精工的语言，描绘了永嘉、会稽、彭蠡湖等地的自然景色，清新奇秀，逼真如画。如"白云抱幽石，绿筱媚清涟"，写深山云石相抱，筱涟相媚，景物如人；"连障叠巘崿（音 yǎnè），青翠杳深沉。晓霜枫叶丹，夕熏岚气阴"，写山峦起伏，雾霭苍茫，红枫似火，秋意浓烈。又如"春晚绿野秀，岩高白云屯"，写暮春的素雅；"野旷沙岸净，天高秋月明"，写秋夜的旷远；"林壑敛暝色，云霞收夕霏"，写山林黄昏的幽美；"明月照积雪，朔风劲且哀"，写冬天雪野的白亮寒峭等。这些散见于各篇中的"名章迥句"，确"如初发芙蓉，自然可爱"，体现了谢灵运对于自然山水景物观察敏锐，刻画细致，色彩鲜艳，画面注意空间层次等特点。谢灵运诗虽多名句，却少佳篇，多数采用"叙事—写景—说理"的三段式结构，单一而少变化，在写景后面仍拖着"玄言尾巴"，情景未能通篇交融；语言上也有过分雕琢，好用生僻典故，晦涩冗繁等弊病。尽管如此，谢灵运的山水诗打破了东晋玄言诗的一统天下，扩大了诗歌的题材，他那"情必极貌以写物，辞必穷力而追新"（《文心雕龙·明诗》）的艺术追求，丰富了诗歌的艺术表现技巧。后来的诗人如谢朓、何逊、阴铿等竞相学步，使山水诗日趋成熟，到唐代终于达到了高峰。

其二，鲍照与七言诗。谢灵运之后，刘宋诗坛上最杰出的诗人是鲍照。鲍照（约414～466年）字明远，曾做过临海王刘子顼的前军参军，世称"鲍参军"。他出身寒微，在门阀制度盛行的时代，抱负无法施展，一生不得志。他在诗歌史上的突出贡献在于：善于向民歌学习，继承并发扬了汉魏乐府民歌和建安文人诗歌的现实主义精神，写了许多反映社会现实和人民疾苦，形式渐趋成熟的七言诗；变曹丕《燕歌行》的逐句用韵为隔句用韵，并可以自由换韵，显得音节错综，抑扬顿挫，富于变化，很有独创性，被后人称为"如五丁凿山，开人世所未有"（沈德潜《古诗源》），对后世七言歌行的发展有很大的影响。唐代诗人李白、杜甫、高适、岑参等对鲍照的艺术成就都很推崇。

其三，沈约、谢朓和"永明体"诗。齐梁时期，我国诗歌形式出现了重要变化，产生了新体诗。所谓新体，意指新的形式，相对于比较自由的古体诗而言。文学史上称这种新体诗为"永明体"，因为它是齐代永明年间沈约、王融、谢朓等人创造的。永明体已经初步具备了格律诗的某些基本特征：①句式渐趋于定型，以五言四句、八句为主。②律句大量涌现，平仄相对的观念已经十分明确。十字之中，"颠倒相配"，联与联之间同样强调平仄相对。大量的非律句亦贯穿了平仄颠倒相配的原则。③用韵已相当考究，主要表现在押平声韵居多，押本韵很严；至于通韵，多已接近唐人。④在对偶方面，追求自然与情理的完美结合。永明体的出现，揭开了我国诗歌史上从比较自由的古体诗，向严谨的格律诗转变的崭新一页，为唐代格律诗的最后形成和发展在形式上奠定了基础。

在永明诸诗人中，谢朓（464～499年）创作成就最高。他与谢灵运同族，故有"小谢"之称。他曾任宣城太守，故又称"谢宣城"。他的诗歌最出色的是那些描写山水行役的作品。他吸收了谢灵运山水诗刻画精美的特点，语言更加洗练流畅，写景与抒情比较和谐统一，摆脱了玄言诗的影响，以一种自然秀朗、清新流丽的风格，有力地推动了山水诗的艺术发展。其代表作有《晚登三山还望京邑》、《之宣城郡出新林浦向板桥》、《游东田》等。他的写景佳句很多，例如："余霞散成绮，澄江静如练"；"天际识归舟，云中辨江树"；"远树暧阡阡，生烟纷漠漠"；"鱼戏新荷动，鸟散余花落"等。这些诗句清雅淡远，有别于谢灵运的富丽精工。谢朓主张"好诗圆美流转如弹丸"。他的诗确实做到辞藻清秀，对仗自然，声调和谐，意脉流畅，体现了新体诗的基本特点。他模仿南朝民歌的五言四句小诗，写得相当精美可爱，如粒粒珠玑，对唐代绝句的形成有一定影响。

其四，梁、陈诗人和宫体诗。梁陈时代，诗歌的格律更加精整，词句更加华丽，内容却愈来愈狭窄。梁前期比较优秀的诗人是江淹、何逊、吴均和阴铿。江淹（444~505年）诗歌的显著特点是善于模拟。由于他努力学习前人作品，使他写出了一些语言流丽而不失苍劲之气的诗篇，如《望荆山》、《赤亭渚》等。何逊（？~约518年）流传下来的作品不多，但情辞深婉，颇有谢朓的风致。吴均（469~520年）擅长摹写乐府古诗，诗体清拔，时有刚健之气，在当时颇具特色，号为"吴均体"。稍后的阴铿诗风清隽秀雅，以写景见长，尤其擅长描写江上景色。他比较注意通篇意境的营构，技巧圆熟，工于声律。尽管平仄仍不尽合律，但与唐人的五律已相当接近。

从梁后期到陈代（531~589年）诗坛上，特别是在贵族和宫廷中，流行着一种风格轻艳柔靡的诗体，时人号之曰"宫体"。"宫体"之名，始于梁简文帝萧纲为太子时，"宫"即太子所居之东宫。这类诗以描绘宫廷贵族女性的体态和生活为重要内容。这主要是南朝君主、贵族声色娱乐生活的反映。宫体诗的代表作家是梁简文帝萧纲、梁元帝萧绎及其周围的文人庾肩吾、庾信父子，徐摛、徐陵父子，陈后主陈叔宝及其侍从文人。庾氏父子和徐氏父子的诗作又被称为"徐庾体"。宫体诗格调不高，但它作为诗歌发展史中的一环，也有其历史必然性和一定的意义。例如，它对人体美的集中描绘与表现，就拓展了审美对象的领域，对后代文学特别是宋代的婉约词有相当大的影响。又如，宫体诗人对美的细腻感受和精微表现，也是超越前人、启迪来者的。至于它继永明体之后，使格律、对偶等诗歌形式更趋圆熟，从而推进了由古体向近体的转变，那也是不可否认的。

其五，庾信与南北朝诗风的初步融合。

南北朝时期，北朝文人诗歌远不如南朝。王褒、庾信由南入北，不仅给北朝诗坛带来了转机，而且大大推进了南北文学融合的历史进程。其中以庾信的影响和作用较大。庾信（513～581年），字子山，梁朝著名宫廷诗人庾肩吾之子。梁元帝承圣三年（554年），他奉命出使西魏，西魏灭梁，他被扣留在长安，屈身仕魏。后又仕北周。他位居高官，却时常怀念故国，内心非常悲苦。庾信前期作品风格轻艳；羁留北方后，痛苦的生活经历和北方文化的熏染，使他的诗歌境界大为开阔，艺术也臻于精美，形成了一种苍凉悲壮的独特风格。所以杜甫说："庾信文章老更成，凌云健笔意纵横。"他的名作《拟咏怀二十七首》主要抒写自己对身世的感伤和怀念故国乡土的感情，浑厚深沉，动人肺腑。他晚年还写过一些刻画北国风光的诗，诸如"流星夕照镜，烽火夜烧原"，"轻云飘马足，明月动弓弰"，"胡笳遥警夜，塞马暗嘶群"等诗句，都充满了大漠风沙气息。庾信对新体诗进行了多方面的探索，取得了突出成就。相当多的作品，已接近唐人五律、七律、五绝之体。庾信一方面把南朝诗歌的艺术技巧带到北方，一方面又吸收了北方文化的刚健淳朴之气，唾弃了南朝诗歌的浮艳柔靡，在一定程度上体现了南北文学合流的新趋势，为唐诗的繁荣做了必要的准备。

如果从中国文化史的角度来考察，魏晋南北朝时期可以称作人的觉醒和文学的自觉时代，这已是学术界的公论。所谓人的觉醒，就是指士人的觉醒。促使士人觉醒的一个重要因素是政局。东汉末年，宦官与外戚弄权，朝廷黑暗腐败，一次次地对忠心的士人施加无情的打击，把他们从系心朝政中推开去，推向自我。另一个重要因素是哲学思潮。儒学在两汉发展到极盛阶段，与强大的大一统政权紧紧地联在一起。它成为官学、神学之后，在显示它的无上威力的同时，便也走向僵化与繁琐，成为一种思想束缚，不可避免地要走向它的反面。于是从内部开始，逐渐地出现了自我改造的趋势，删繁就简，打破家法师法的界线，思想开始从僵化转向活跃，思想方法逐渐从繁琐趋向简洁，从重章句趋向重义理，从实证慢慢地向着思辨发展。学术思想的这种演变，为一种新的哲学思想——玄学的出现准备了条件。而这种玄学思潮产生的更根本的原因，在于现实生活的需要。汉末儒家思想禁锢松动，思想活跃起来，士人由理性的世界走向感情的天地之后，自我便十分地膨胀。重自我，重感情，任情放纵，很自然地便和传统的观念发生种种矛盾，需要从理论上给予解释，玄学就是士人寻找用以代替儒家思想的新的理性依据。而玄学思潮一旦形成之后，它又反过来推动士人心态的变化。士人们或慷慨悲凉，走向追求功业；或任情纵欲，走向享乐的人生；或以高洁自恃，归隐山林，流连泉石；或爱好书法、绘画、诗歌、音乐，追求宁静高雅的人生。作为诗歌创作主体的士人的个体意识的觉醒，自然引起他们人生价值取向的改变，进而引起生活态度与行为方式相应的变化，由此带来审美情趣的变化，从而影响到作为审美意识产物之文学的创作与变化。此时的文学必然会带上鲜明的个人、个性色彩，抒情状物更易真实、易切情、易感人，愈符合以审美愉悦功能为特征的文学本义，这就是文学的自觉。一句话，由人的觉醒引起文学的自觉，这就是魏晋南北朝时期诗歌创作乃至整个文学创作最鲜明的文化特征。

魏晋南北朝时期，儒学仍为正宗，但道家复兴，佛家大盛。这三家学术思想，直接影响我国古代文学艺术的发展。而这三家学说在这个时期，虽表面上互相对立、排斥与斗争，但已开始出现互相渗透，互相补充，互相融合。玄学，就是不废儒学的冠冕、又化以佛道的哲理而形成的一种独特的思想体系。儒、道、佛三家美学思想的互补和融会，已在士人的美学思想、诗文创作中表现出来。例如，在梁代文艺理论家刘勰的美学思想中，就有明显的反映。他站在儒学立场上看文学的实用主义的美，同时也吸收了道家的自然之美和佛家"般若绝境"的审美思想。又如陶渊明，他信守儒家的道德准则，最主要的是一片仁心与安于贫穷。但帮助他摆脱世俗情结纠缠的，除了儒家守固穷的思想力量之外，还有佛家般若"万有皆空"的思想的影响。这就是一念心寂万境皆虚，一切世间种种相，既虚幻不实，则不如意事之烦恼便也自行消解。陶诗中，就有"人生似幻化，终当归空无"，"吾生梦幻间，何事绁尘羁"，"纵浪大化中，不喜亦不惧；应尽便须尽，无复独多虑"等表现佛理的诗句。而陶诗中更随处流露出道家追求的返璞归真、恢复自然本性的思想，以及"此中有真意，欲辨已忘言"的物我两忘情趣。陶渊明正是用儒家的固穷思想，用佛家般若的万有皆空的思想，用道家的归返自然的思想，摆脱了世俗的种种纠结，走向物我泯一的人生境界与心物交融的诗美境界。由此可见，在魏晋南北朝开始出现的儒、道、佛三家哲学思想和美学思想的相互渗透、相互融合，对于形成我国具有鲜明民族特色的美学理论和审美趣味（其中自然包括诗的理想美和情趣美），是很有作用的。

三 唐诗——中国诗歌发展的高峰

1 唐诗繁荣的原因

隋代只有三十几年（581~618年），诗歌主要承袭了六朝以来的浮艳风格。但隋初诗人卢思道的《从军行》、薛道衡和杨素的同题诗《出塞》等作品，透露出一点清新刚健的气息，从中多少见到南北朝诗人庾信、王褒的影响，体现了南北诗风的融合。这些作品，可以看做是唐代边塞诗的先声。

隋以后建立的唐王朝，是一个强大统一、繁荣昌盛的朝代，自兴盛到衰败灭亡，经历了近300年的历史。唐代不仅是我国古代经济大发展的时期，而且是文化大发展的时期。中国古典诗歌经过了长久的历史发展过程之后，到唐代终于到达了辉煌的顶峰。

在唐代的诗坛上，诗人辈出，人才济济，犹如群星丽天，璀璨夺目；诗歌纷呈，恰似繁花竞放，万紫千红。清代康熙年间编辑的《全唐诗》多达900卷，有诗人2300多位，诗歌48900多首。这还只是其中的一部分，流失的不知道有多少。诗歌在当时已经不是少数文人的专利品，如《全唐诗》所记录的诗人身份，上自帝王将相、后妃宫女，下至贩夫走卒，娼优释道，几乎包括了社会各个阶层。同时，写诗也被广泛地运用到生活的各个领域，举凡奏章、信札、寓言、游记以及变文和其他通俗说唱文学，都可以用诗来表达，可见写诗在当时已经成为一种相当普遍的社会风气。

但是，唐诗的高度发展繁荣，更主要的是表现在思想和艺术都有极高的成就。如题材广阔，思想深邃，技巧高超，风格流派多样，这些都是过去任何时代都无法比拟的。唐诗的体裁也丰富多彩，完备成熟，不但具备了五言、六言、七言、杂言等多种形式（还有更为古老的四言诗及楚骚体），而且形成了五七言律诗和绝句。五、七言古诗以及歌行体亦盛极一时，更有以古题乐府写时事和即事名篇的新题乐府，尤为唐诗的一大特色。唐代不仅出现了李白、杜甫这样在世界文学史上享有盛名的伟大诗人，还产生了王维、白居易、韩愈、李贺、李商隐、杜牧等一大批杰出的诗人。以上这些都是唐代诗歌空前繁荣的重要标志。

唐代为什么会出现诗歌空前繁荣的局面呢？大体上说有两方面的原因。首先，从社会历史环境和条件方面来看，唐代统治者是依靠农民起义的力量取得政权的，建国初期，他们吸取隋朝灭亡的教训，推行了一系列缓和阶级矛盾、有利于发展生产的制度和政策，促进了生产力的发展。唐初还不断开拓疆土，使我国版图大大扩展,成为当时世界上最大的帝国。国力强盛,社会安定,也有利于生产。经过百年的努力,到了开元年间出现了社会经济的大发展,成为唐朝的极盛时代。这种繁荣的社会经济就是唐代科学文化普遍繁荣的物质基础。在唐代,政治、外交、军事、哲学、文学、艺术等都出现了蓬蓬勃勃的景象,文学艺术方面像散文、传奇小说、变文、词曲、歌谣、音乐、舞蹈、书法、绘画、建筑、雕塑等也都取得了很高的成就。这些都给予诗人以良好的启发和熏陶,有利于诗歌的发展。唐代实行科举制度,不拘一格,选用人才。这样,就打破了魏晋以来门阀士族垄断政权的局面,为大量中下层知识分子登上政治舞台、施展才能提供了机会,使他们成为一股新兴的社会势力,并占领了文坛。唐代统治者重视、提倡诗歌创作,特别是科举考试以诗取士,对诗歌的繁荣也起了促进作用。另外,唐代统治者对各种学术思想限制较少,允许自由传播,对于外国思想文化也放手引入。在唐代,儒、释、道三家并存,任侠之气也特盛,禅宗在唐中叶以后得到广泛的传播。政治上比较开明和思想上比较开放,这是唐代国家发展和文化繁荣的一个基本条件。上面讲的都是唐代诗歌繁荣的社会原因。其次,从诗歌本身的发展来看,到了这时,诗歌已经有了一千六七百年的发展历史,不仅产生过许许多多杰出诗人和优秀诗歌,而且从创作方法、体裁、风格到艺术表现技巧等方面都有了丰富的积累,孕育着新的突破。因此,当各种条件一旦具备，经过诗人们的共同努力，诗歌创作的新高潮也就必然到来了。

2 唐诗高潮的酝酿

唐诗的发展一般分为4个时期，就是：初唐、盛唐、中唐、晚唐。

初唐时期将近百年，是唐诗繁荣的准备时期。诗歌的发展主要表现在两个方面：其一是诗坛风气的转变。诗歌逐渐从狭窄的宫廷走向社会，逐步摆脱浮华纤弱的齐梁积习，走上健康发展的轨道。其二是诗体的创造。近体诗——五言和七言的律诗、绝句和排律，在初唐"四杰"和杜审言、沈佺期、宋之问等人手中定型；七言歌行在"四杰"手中得到发展。初唐诗歌发展大体可分为3个阶段。

贞观诗坛为第一阶段。这个时期，宫廷诗人的作品占有很大的比重，作者主要有唐太宗李世民（599～649年）和他的一批重臣。他们写得最多的是应制诗，以华美词语粉饰颂扬李唐王朝功业。有些咏物诗略有寓意，但大抵与南朝宫廷诗并无差别。不过，已有一些作品显出典重与雍容气度，不同于南朝宫廷诗的轻佻侧艳。还有一些诗，开始出现一种雄浑情思。唐太宗本人的诗，如《重幸武功》、《经破薛举战地》、《辽东山夜临秋》、《帝京篇》等，或回顾昔日的壮志与功业，或写出兵高丽还师辽东时军营夜宿的感受，或描绘帝都长安的雄伟气象，流露出创业的自豪和守业的自信。魏徵（580~643年）的《出关》，长孙无忌（？~659年）的《灞桥待李将军》也都写得气势雄浑。虞世南（558~638年）的《蝉》："居高声自远，非是借秋风。"托物咏怀，格高意远。他的《结客少年场行》、《拟饮马长城窟》、《从军行》等也措辞雅正，骨气劲健，可以看做唐代边塞诗的先声。这个时期一般士人的诗歌，较宫廷诗更能独抒怀抱，感情真挚，风格清朴。陈子良、崔信明、孔绍安的诗作更接近北朝诗风。足以独立名家的王绩（585~644年），字无功，号东皋子，多写田园隐居生活。尽管他的诗还有芜杂、斧凿的毛病，但他在五律《野望》等佳作中创造了宁静淡泊而又朴厚疏野的境界，可以说是陶渊明诗风的一脉延续，成为唐代山水田园诗的先驱人物。大约与王绩同时，在民间还流传着王梵志、寒山、拾得（生卒年均不详）等人的通俗诗。这三人都是唐代著名诗僧，其诗都具有语言浅易、寓意深刻、类似佛家偈语的共同特点。寒山还有一些写景诗境界幽冷，耐人寻味。

永徽至调露年间为第二阶段。这个时期，随着一批开国元老的谢世，上官仪（608？~664年）成了龙朔（661~663年）年间诗坛最有影响的宫廷诗人。他的一些诗也具有清新明净的格调（如《入朝洛堤步月》），但多数作品，堆砌华丽辞藻，极尽描摹形容的能事，对仗精美，风格"绮错婉媚"，时人称为"上官体"，纷纷仿效，形成"龙朔诗风"，弥漫和笼罩诗坛。上官仪把六朝以来做诗的对仗方法正式归纳为"六对"、"八对",对于提高对仗技巧,推动律诗的成熟作出了贡献。

就在"上官体"笼罩诗坛的时候,出现了位卑才高、恃才傲物的四位诗人——王勃、杨炯、卢照邻、骆宾王,后人称为"初唐四杰"。他们都很不得志,生活道路坎坷。王勃(650或649~676年)擅长五律、五绝和乐府诗。他那些抒写仕途失意、相思赠别的作品意境开阔,感情真挚深厚,使人耳目一新,如《送杜少府之任蜀州》:"城阙辅三秦,风烟望五津。与君离别意,同是宦游人。海内存知己,天涯若比邻。无为在歧路,儿女共沾巾。"这首诗一反赠别诗的俗套,没有一般的应酬,不作无病呻吟,而有积极进取的乐观情怀,志在四方的豪迈气概。五六两句,抒写出深厚的友情可以超越时空的距离,体现了当时国家承平宇内一统的兴盛气象,又蕴含着启迪人心的人生哲理,因此成了流传千古的名句。"初唐四杰"都写了不少边塞诗,描写了边塞的苍凉和战争的残酷,表达了为国立功的壮志。如杨炯(653~?)的《从军行》:"烽火照西京,心中自不平。牙璋辞凤阙,铁骑绕龙城。雪暗凋旗画,风多杂鼓声。宁为百夫长,胜作一书生。"五六句把塞外艰苦卓绝的战争场面描绘得有声有色,非常逼真。全篇节奏明快,风格雄放,诗人的勃勃英气也跃然纸上。卢照邻(约630~约680年后)和骆宾王(约638~?)都善于写长篇歌行,他们用色彩斑斓的辞藻描写上层权贵骄奢淫逸的腐朽生活,给予辛辣的讽刺和深刻的批判。卢的《长安古意》词采华丽,对仗工整，音律谐美，显示了初唐七言歌行的艺术特色和成就。其中，"百丈游丝争绕树，一群娇鸟共啼花。啼花戏蝶千门侧，碧树银台万种色"，以及"得成比目何辞死，愿作鸳鸯不羡仙"等，更是当时传诵广泛的名句。骆的《帝京篇》五七言叠用，平仄韵转换，构成流美婉转的声调，对后世歌行体也有重要影响。他们还写了一些抒发自己在封建制度重压下的愤懑不平之作，如骆宾王的《在狱咏蝉》："西陆蝉声唱，南冠客思侵。不堪玄鬓影，来对白头吟！露重飞难进，风多响易沉。无人信高洁，谁为表予心？"以吸风饮露的蝉自比，以示品格高洁，抒发含冤入狱的悲愤。这首诗以苍凉沉郁的格调，一扫唐初宫廷咏物诗的萎弱之风，开辟了咏物题材的新境界。总之，"初唐四杰"代表了初唐诗坛上力求创造与解放的新生力量。他们虽未能脱尽轻艳华丽的宫廷气息，但已把诗歌从为帝皇权贵歌功颂德转到抒写个人性情，从宫观台榭移到江山塞漠，从人为的雕饰变为自然的真情流露。诗的题材扩大，意境开阔，格调提高，同社会人生联系起来了，这就赋予诗歌以新的生命。"初唐四杰"大量创作五律和五绝，使这两种新体诗的内容与形式逐渐达到协调一致。他们也革新了七言歌行的内容，丰富了它的题材，扩展了它的篇幅，还探索运用各种艺术手法，使这种形式在实践中得到了初步的发展和提高。"初唐四杰"在唐诗发展史上起了积极的作用。杜甫在《戏为六绝句》中称赞他们的功绩如同"不废江河万古流"，是很正确的评价。

调露至景云年间为初唐诗歌的第三阶段。这个时期，沈佺期、宋之问、李峤、杜审言等人继"初唐四杰"之后，进一步将已趋成熟的律诗形式定型化，并广泛熟练地运用。首先，粘式律（律诗联与联之间平仄声调的参差对齐）的确定和自觉运用，是律诗定型的最主要标志。杜审言（约645～约708年），是杜甫的祖父，他有28首五律，除1首失粘外，其余27首完全符合粘式律，表现出他对这一体式十分熟悉，习惯运用和善于运用。他的五律被评为"高华雄整"，达到了相当高的艺术水准。沈佺期（约656～713年）和宋之问（约656～约713年）现存的应制五言律诗分别为12首与15首，全部合律。两人后期被流贬岭外后写作的大量五言律诗，描绘新鲜的南方风物，在严整的格律形式中注入感怆情思，艺术上尤为成功。七律诗的完成稍后于五言律诗，大约在中宗景龙年间（707～710年）。"文章四友"李峤、苏味道、崔融、杜审言和"沈、宋"（沈佺期、宋之问）都写了完全合律的七律作品。但此时七律远未成熟，它比同期的五律逊色得多。五言排律在此时也完成了，骆宾王的五言排律已经写得相当精彩。

与沈、宋同时，陈子昂（659～700年）高倡建安风骨，为扭转诗坛风气，引导唐诗朝着健康方向发展作出了卓越贡献。他关心国事民生，具有政治远见，做官正直敢言。他在著名的《修竹篇序》中，一针见血地指出初唐宫廷诗"彩丽竞繁，兴寄都绝"。为此，他大力提倡诗歌的"风雅兴寄"和"汉魏风骨"，这就是要恢复《诗经》和建安诗人反映现实的优良传统，强调诗歌要有充沛的感情和刚健质朴的风格。因此他所主张的复古，实际上是革新，反映了时代的要求。广大诗人群起响应，努力开拓唐诗的新天地。他自己也身体力行，写了不少倾吐抱负、针砭时弊的诗歌。他的《登幽州台歌》就是脍炙人口的佳作："前不见古人，后不见来者，念天地之悠悠，独怆然而涕下！"这首诗气势雄浑，慷慨悲凉，表现了阔大悠远的时空境界，读来使人想到宇宙的苍茫和时间的流逝，因而奋发图强，不虚此生。他的《感遇诗》38首内容充实，刚健质朴，具有深刻的现实意义。陈子昂的诗歌理论和诗歌创作可以说吹响了唐诗高潮行将到来的号角，揭开了唐诗高潮的序幕。在唐诗发展史上，陈子昂占有十分重要的地位。杜甫曾经写诗称赞他："公生扬马后，名与日月悬。"

　　初唐诗人为盛唐诗歌高潮的到来准备了完美的格律形式，准备了理想的感情基调，开拓了广阔的表现领域，但是他们在创造玲珑浑整、不可句摘的诗歌意境方面，却仍未臻成熟。他们准备了"风骨"，而未充分准备"兴象"。而风骨兴象，正是盛唐诗歌不可或缺的两个侧面。兴象的准备，也就是说，意境创造的经验的积累，主要是由张若虚完成的。张若虚（660～720年）与贺知章、张旭、包融被称为"吴中四士"。他是初唐末期最重要的一位诗人。他仅仅留下两首诗，但《春江花月夜》这首抒情长诗从写春江月夜明净的美景引发出对于人生的美好感受与宇宙万物长存的哲理思索。"春江潮水连海平，海上明月共潮生。滟滟随波千万里,何处春江无月明?江流宛转绕芳甸,月照花林皆似霰。空里流霜不觉飞,汀上白沙看不见。江天一色无纤尘,皎皎空中孤月轮。江畔何人初见月?江月何年初照人?人生代代无穷已,江月年年只相似。不知江月待何人,但见长江送流水……"诗人以清新明丽的语言、婉转和谐的音调,把浓烈情思、深邃哲理与莹澈纯净的春江月色融为一体,创造了玲珑剔透的意境,显露了盛唐诗歌意境创造的端倪。闻一多先生称赞这首诗为"更复绝的宇宙意识,一个更深沉更寥廓更宁静的境界",是"诗中之诗"(《唐诗杂论》)。

3 盛唐气象的出现

在陈子昂、张若虚之后,唐诗就进入到盛唐时期。大致是景云元年(710年)至宝应元年(762年),主要是玄宗、肃宗两朝,约半个世纪的诗歌创作。这是唐诗的黄金时代,众多杰出诗人的作品大放异彩。而李白和杜甫这两颗诗坛巨星的升起,更标志着中国古典浪漫主义和现实主义诗歌的最高成就。

最早跨入盛唐历史门槛的第一批诗人,有张说、贺知章、张旭、王湾、王翰、张九龄等人。张说(667~731年)历任武后、中宗、睿宗、玄宗四朝,几度为相,封燕国公。他诗文兼擅,其文与苏颋(许国公)齐名,并称为"燕许大手笔"。他提倡诗歌要"感激精微"、"天然壮丽",有"逸势高标,奇情新拔"。他大力提拔、奖掖文士、诗人,对盛唐文学的繁荣起了有力的推进作用。他被贬外任时写的诗歌,或笔墨简劲,内潜雄阔,风骨铮铮;或即景抒情,含蓄蕴藉,清新凄婉,为盛唐诗人作了先导。贺知章(659~约744年)为人旷达不羁,自号"四明狂客"。他擅长七绝。《咏柳》诗云:"碧玉妆成一树高,万条垂下绿丝绦。不知细叶谁裁出?二月春风似剪刀。"连用几个精巧新美的喻象写翠柳春风,清新悦目、生机蓬勃。晚年归隐时写的《回乡偶书二首》(其一):"少小离家老大回,乡音无改鬓毛衰。儿童相见不相识,笑问客从何处来?"以朴素无华之笔,写富于戏剧性的儿童问话场面,抒发人世沧桑之感,自然生动,富有深厚的人情味。张旭(生卒年不详)是唐代著名的书法家。他的诗主要描写自然景物,如同他的草书,构思布局新颖,善于写山中烟雨变化和云雾迷蒙,笔调俊逸灵动,境界幽深,很能显示他狂放浪漫的个性。王翰(生卒年不详)为人豪放不羁。他有几首七言歌行表现人生短暂、及时行乐的思想感情,在几近颓废中透出占有个人生命的意识。这种情怀对盛唐诗人很有影响。他的《凉州词》云:"葡萄美酒夜光杯,欲饮琵琶马上催。醉卧沙场君莫笑,古来征战几人回!"写征人在战场上豪饮作乐,悲凉中带着视死如归的豪迈气概。惟其如此,它不仅是盛唐早期的佳作,而且成了诗歌史上的唐音代表之一。张九龄(678~740年),是唐玄宗朝有声誉的宰相之一。他继承了魏晋诗歌"比兴寄托"精神,写了《感遇诗》12首,同陈子昂的《感遇诗》风格相近。他的近体诗写得清淡温醇,如《望月怀远》构思细密，意境清幽。他还写了不少山水行旅诗，如《湖口望庐山瀑布水》云："万丈红泉落，迢迢半紫氛。奔流下杂树，洒落出重云。日照虹霓似，天清风雨闻。灵山多秀色，空水共氤氲"。不仅生动地描绘出瀑布的声色和气势，而且把瀑布作为自我化身，表现出他的胸襟气度、壮志豪情。他的山水诗对孟浩然、王维的山水诗有直接的影响。此外，还有一位王湾（生卒年不详），他的名作《次北固山下》，诗中"海日生残夜，江春入旧年"两句，描绘海上红日正冲破黎明前的黑暗喷薄而出，江上的新春气息已闯入垂尽的残冬，显示了新生的美好事物必将取代旧事物的哲理。当时的宰相张说非常赞赏此诗，亲手题写在政事堂，作为诗文的"楷式"。这些情思壮大、誉满诗坛的名句，象征着盛唐诗歌高潮已经到来。

唐玄宗开元中期，随着经济空前繁荣，国力极度强大，唐诗也发展到它的顶峰。这就是后人所说的诗的盛唐。这个时期，诗坛上高手如林。除了李白、杜甫两位伟大诗人外，还有很多成就卓越的诗人。有两类题材内容的诗歌最为突出。

其一是山水田园诗歌。它在盛唐的兴盛，既有社会基础和思想基础，也有诗歌自身发展的原因。首先，富庶的社会经济和安定的社会环境，提供了漫游山水和隐居田园的物质条件；其次，盛唐知识分子漫游和隐逸风气的盛行也激发人们大量描绘山水田园；再次，盛唐山水田园诗的兴盛，正是对谢灵运、陶渊明以来山水田园诗艺术传统继承和进一步开拓的结果。盛唐山水田园诗的代表诗人有孟浩然、王维、储光羲。孟浩然（689~740年），有事业功名的抱负，但是在仕途上很不得意，以布衣终老。他一生的大半岁月都是在家乡隐居和到各地漫游。他的诗就是这两种生活的反映。其中田园诗数量不多，却写得淳朴自然，最有名的是《过故人庄》："故人具鸡黍，邀我至田家。绿树村边合，青山郭外斜。开轩面场圃，把酒话桑麻。待到重阳日，还来就菊花。"用口头语写眼前景，在平淡中蕴藏着淳厚的人情味和乡土气息，造成浓郁的诗意，这便是孟诗的特长。他的山水诗数量多而富于变化。少数篇章，如《临洞庭湖赠张丞相》："八月湖水平，涵虚混太清。气蒸云梦泽，波撼岳阳城。欲济无舟楫，端居耻圣明。坐观垂钓者，徒有羡鱼情。"从大处落墨，写出雄伟壮丽的景色。但大多数作品是描写清幽景色，表现隐逸情趣。他写景，善于用白描手法捕捉生动的印象，表现出新鲜、真切的感受，如"荷风送香气，竹露滴清响"、"微云淡河汉，疏雨滴梧桐"、"天边树若荠，江畔洲如月"、"野旷天低树，江清月近人"等，都是细致入微地传达出直觉感受的名句。他还有一些抒情小诗，语言清浅，诗意浓深，韵味悠长。如《春晓》："春眠不觉晓，处处闻啼鸟。夜来风雨声，花落知多少？"总的来看，孟浩然的山水诗着墨轻淡，如一帧帧水墨画，不如王维诗那样鲜丽、秀润、精美，却以冲淡疏豁见长。王维（701？~761年）是盛唐诗坛上成就仅逊于李白、杜甫的一位大诗人。他的诗题材广阔，内容丰富，其政治感遇诗、游侠诗、边塞诗、闺怨诗都有杰作，但成就最高的是山水田园诗。他既是诗人，又是画家和音乐家，对大自然的感受非常敏锐，观察十分细致，特别擅长捕捉自然景物的色彩、声息和动态。他一生奉佛，常在清静的环境和心境中修身养性，领悟佛理，最喜欢在诗中创造带有禅寂之趣的意境。但他不是以静写静，而是以动写静，以声写静，故而他笔下的静境常显得生机蓬勃而不枯寂。宋代大诗人苏轼说王维"诗中有画"，王维把绘画技法融入诗中，用文字在读者的视境中凸出鲜亮或朦胧的色彩感、空间层次感以及明确有力的线条。可以说，他把诗情、画意、音乐美三者融为一体，使山水田园诗的艺术达到了极致。请读他的诗句："大漠孤烟直，长河落日圆"；"江流天地外，山色有无中"；"日落江湖白，潮来天地青"；"白云回望合，青霭入看无"；"万壑树参天，千山响杜鹃。山中一半雨，树杪百重泉"；"泉声咽危石，日色冷青松"；"明月松间照，清泉石上流。竹喧归浣女，莲动下渔舟"；"漠漠水田飞白鹭，阴阴夏木啭黄鹂"；"瀑布杉松常带雨，夕阳彩翠忽成岚"……无论是写大景或小景，写山水或田园，写南方或北国的景色，都那么绘声绘色，逼真传神，意境幽美，韵律悠扬。王维还善于运用五、七言绝句来抒写人们在日常生活中，对家乡、亲人的思念和送别朋友的情谊。他的《相思》、《九月九日忆山东兄弟》、《送元二使安西》等篇，都是家喻户晓、传诵人口的名作。储光羲（约707～约762年），以田园诗著称。他有意仿效陶渊明，用朴素质直的五言古诗来抒写田园隐居生活。他创造了许多田园人物形象,大多带着一种隐逸之士的神情。但有时也能写出一些本色农夫的生活体验和心理感受。像"顾望浮云阴,往往误伤苗",刻画农民锄田时盼望雨水的心情,"既念生子孙,方思广田畴",描写农村生儿育女需要土地的心理,都很真切。他的《张谷田舍》云:"县官清且俭,深谷有人家。一径入寒竹,小桥穿野花。碓喧春涧满,梯倚绿桑斜。自说年来稔,前村酒可赊。"写深山田家的幽美环境和农民在丰年里富足安乐的生活,清新可喜,亲切有情。

擅长山水田园诗的盛唐诗人,还有常建、裴迪、卢象、刘眘虚、綦毋潜、丘为、崔国辅等人,都有各自不同的创作成就。

总的来看,盛唐山水田园诗的特点是:他们的题材大多是青山白云、鸣禽芳草、惠风流水,人物也多是幽人隐士、野老牧童、樵夫浣女之类闲散淳朴的人,诗中往往表现出一种回归自然、向往闲适退隐的思想感情,同佛教与道家思想的关系比较密切。他们的多数诗歌都达到了主体同客体、情与景的交流与融合,从而酿制出具有很高审美价值的意境。其风格偏于恬静淡雅、富于阴柔之美。这当然并不排斥他们每个人都有一些意境宏阔、雄浑奔放的作品。由于生活在国力强盛、整个社会都崇尚风骨兴象的盛唐时代,他们的诗比起以前的六朝山水诗和以后的中晚唐山水诗,情调健康明朗得多。与盛唐边塞诗多歌行、七绝不同,山水田园诗大多是五言诗,有五古、五律、五绝。

其二是边塞诗。在盛唐大量出现也有其社会的、历史的原因。首先，唐初国力强盛，内地与边疆联系加强，各地人民往来增多；与此同时，因民族矛盾所引起的战争也连年不断。这种民族交流和民族战争都很频繁的现实，正是边塞诗得以大量产生的社会基础。其次，国力的强盛，激发了诗人们从军报国的自豪感；频繁的边塞战争，也为那些仕途失意的文人寻求功名提供了一条途径。广大诗人对边塞生活的向往，也直接促进了边塞诗创作的繁荣兴盛。再次，对于前代诗歌遗产中描绘边塞征战和思妇闺怨传统的继承和发展，也是盛唐边塞诗繁荣的原因之一。盛唐边塞诗正是继承建安诗"志深笔长"、"梗概多气"的风骨，继承隋代和初唐边塞诗建功的豪气与雄壮，又吸取了六朝诗善于抒写离愁别怨的长处而发展、成熟起来的。

盛唐边塞诗成就最为突出的诗人是高适和岑参。高适（约700~765年），三次去过边塞，对广大戍边士卒的生活有较深的了解。他的边塞诗内容深广，报国的豪情和忧时的愤慨常常交织在一起，代表作是长篇歌行《燕歌行》。这首诗高度概括了当时边塞战争生活的各个方面，具有深刻的现实性。诗人在歌颂战士们舍身报国、奋战强敌、不畏牺牲的同时，也鞭挞了上层将领的荒淫腐败和骄纵无能。通过"战士军前半死生，美人帐下犹歌舞"等典型场景的提炼，揭露军中官兵对立、苦乐悬殊。诗中渲染"大漠穷秋塞草腓，孤城落日斗兵稀"的艰苦惨烈战斗气氛，描写了战士们复杂的心理活动，表达对他们的深切同情。结尾回忆李广,既是希望将军爱惜士兵,与他们同甘共苦,更希望国家用将得人,巩固边防,尽可能杜绝战争的发生。此诗用错综交织的笔法表现复杂深广的思想内容,把写景、叙事、抒情、议论融合在一起,写得层次分明,笔调随内容而变化,大量运用工整的对仗句来创造对比鲜明的形象画面。全诗四句一转折,押韵平仄相间,音调抑扬起伏,显出跳跃、奔放的气势,形成一种苍凉悲壮的艺术风格,堪称唐代边塞诗的代表作。高适的边塞诗多写得质直古朴,以气骨取胜,不以新奇瑰丽、巧构意境为尚,但《塞上吹笛》一首是例外:"雪净胡天牧马还,月明羌笛戍楼间。借问梅花何处落?风吹一夜满关山"。后两句巧用双关,不着痕迹,委婉中见壮阔,含蕴中存丰富。

岑参(约715~770年),也曾前后两次出塞,在边塞生活达6年之久。同高适相比,他的边塞诗侧重表现边塞将士慷慨报国的英雄气概和不畏艰苦的乐观精神,色调也更为斑斓多彩。他爱好描绘边塞的风光景物和边境民族的生活习俗。诗中热情奔放,幻想新奇,夸张大胆,形成奇峭瑰丽的艺术风格。《走马川行奉送出师西征》、《轮台歌奉送封大夫出师西征》、《白雪歌送武判官归京》是他的边塞诗中鼎足而三的杰作。他写边地风沙:"轮台九月风夜吼,一川碎石大如斗,随风满地石乱走。"写塞外奇寒:"马毛带雪汗气蒸,五花连钱旋作冰,幕中草檄砚水凝";"北风卷地白草折,胡天八月即飞雪。忽如一夜春风来,千树万树梨花开。"写热海奇观:"西头热海水如煮,海上众鸟不敢飞,中有鲤鱼长且肥……蒸砂烁石然虏云,沸浪炎波煎汉月。"写火山云:"火云满山凝未开,飞鸟千里不敢来。"写西北的胡旋舞:"曼脸娇娥纤复秾,轻罗金缕花葱茏。回裾转袖若飞雪,左旋右旋生旋风。"写边地人民的歌舞盛会:"琵琶长笛齐相和,羌儿胡雏齐唱歌。浑炙犁牛烹野驼,交河美酒金叵罗。"清人方东树说他的诗"奇才奇气,风发泉涌",是确切的。

高、岑以外,擅长写边塞诗的还有王昌龄(? ~ 约756年),字少伯。他的边塞诗多为七言绝句或七绝组诗。他善于选择典型的生活断面,或从新颖的角度,创造广阔、深远的时空境界,对边塞战争生活作高度的艺术概括。例如《出塞》:"秦时明月汉时关,万里长征人未还。但使龙城飞将在,不教胡马度阴山。"在极短的篇幅中把对于历史与现实、个人与时代的深沉思考交织在一起,内涵丰富。感情氛围豪迈而悲凉,明快而含蓄,意境雄浑高远,音节铿锵响亮,所以它不仅成为唐诗的精品,也是一首足以反映和代表民族文化精神的诗篇。李颀(? ~ 约753年)也曾涉笔边塞,他的《古意》表现军旅生涯慷慨悲壮的情调,《古从军行》描写边地汉族和少数民族战士的悲苦生活,深刻地概括了战争给人民带来的苦难,表现了诗人反对穷兵黩武的思想。王之涣(688 ~ 742年)的杰作《凉州词》:"黄河远上白云间,一片孤城万仞山。羌笛何须怨杨柳,春风不度玉门关。"写边塞山川的荒凉景象和戍边战士处境的孤危,表现出对战争的怨愤。诗仅四句,气势雄浑,情调苍凉,意境深远,被评为唐人七绝的压卷之作。

　　盛唐边塞诗人的人生态度是积极的、进取的，又富于浪漫气质，因而在作品中表现出爱国激情和英雄气概，反映了蓬勃向上的盛唐时代精神，同时也揭露了统治者的开疆拓土穷兵黩武以及军营中的种种弊端，抒发对国事民生的深切忧虑。唐代边塞诗的思想境界胜于山水田园诗。盛唐的边塞诗多数是七言古诗和七言绝句。

　　盛唐的山水田园诗和边塞诗，组成了当时诗歌艺术的两支基调，奏出了不同凡响的盛唐之音。除此以外，盛唐的赠别诗、闺情宫怨诗、爱情诗、描写乐舞书画诗，以及以李颀为突出代表的人物素描诗等，都取得了杰出成就，显示了诗歌已达到了声律、风骨兼具，南北诗风融合，文质彬彬、蔚为大观的境界。这是中国古代诗坛上万紫千红的艳阳春昼。

4　"诗仙"李白和"诗圣"杜甫

　　盛唐诗人最伟大的代表，是被称为"诗仙"的李白和被称为"诗圣"的杜甫。

　　李白（701～762年），字太白，生活在玄宗开元、天宝年间，这是唐王朝由极盛转向衰落的时期。由于时代的特点，再结合着他独特的生活经历和思想性格，使他的诗篇贯穿着理想与现实的基本矛盾。李白留存下来的900多首诗歌，表现了诗人拯时济物的理想抱负，功成不受赏的高尚品德，以及对自己才能的坚定信念；也表现了诗人同上层统治集团的矛盾冲突，对黑暗现实的不满与反抗，以及不愿向权贵奸佞摧眉折腰的傲岸态度。李白一生漫游了无数名山大川，足迹几乎遍及中国，他写了很多山水诗，歌颂神奇瑰丽的大自然，抒发出诗人渴望自由、追求理想的胸怀。此外，他还有一些诗歌，坦露出忧国忧民的心情。李白的诗歌以丰富的内涵，独特的艺术个性，多方面地反映出盛唐时代的社会现实，使读者感受到丰富的盛唐情调和盛唐气息，这是李白的伟大之处。

　　李白的伟大，还因为他在诗歌艺术上多方面的巨大成就。他的诗歌继承和发展了屈原、庄子以来浪漫主义的文学传统，以理想主义、叛逆精神和英雄气概构成了他的作品的浪漫主义思想基础，并且创造性地运用多种浪漫主义的表现手法，使内容和形式达到了高度的统一。李白的浪漫主义诗歌有炽热的感情，鲜明的个性，强烈的主观色彩。诗人表达感情，往往直率迸发，如火山喷薄，熔岩一泻千里，具有一种排山倒海、万马奔腾的气势，诗的章法又起伏跌宕，变化莫测。他的作品充满了丰富、奇丽的想象和幻想，大胆的拟人化，惊人的极度夸张，从而有力地表现他那强烈、充沛的激情。李白还常常把幻想、夸张和神话传说结合在一起，构成瑰丽奇特的艺术境界。《蜀道难》、《梦游天姥吟留别》、《庐山遥寄卢侍御虚舟》等长篇杰作，最充分地表现出上述艺术特色。李白在各体诗歌中都显示出艺术上达到炉火纯青的境地。他把乐府诗的创作推进到一个新的高度，极大地丰富了古

三　唐诗——中国诗歌发展的高峰

体诗,特别是七言歌行的表现技巧。他的七言歌行篇幅长、容量大,句式长短错落,写得气势磅礴,纵横驰骋,舒卷自如,充满了奇情壮采。李白与王昌龄一起,把七言绝句引向成熟的阶段。他的七绝诗歌语浅情深,自然明快,韵味醇厚,音节和谐,妙手天成,被推为唐诗中的"神品"。例如《望庐山瀑布》:"日照香炉生紫烟,遥看瀑布挂前川。飞流直下三千尺,疑是银河落九天。"把瀑布想象为九天银河倒倾而下,创造了充满大自然神奇伟力的飞动形象。又如《早发白帝城》:"朝辞白帝彩云间,千里江陵一日还。两岸猿声啼不住,轻舟已过万重山。"全诗意境极其轻快飘逸,既表现出诗人放舟东下的喜悦心情,又蕴含着一种启迪人心的人生哲理。再如《黄鹤楼送孟浩然之广陵》:"故人西辞黄鹤楼,烟花三月下扬州。孤帆远影碧空尽,唯见长江天际流。"诗中烟花三月的绚丽迷人景色,把这两位富于浪漫气质的诗人送别时那种诗的氛围渲染得十分浓郁。后两句在孤帆远影逐渐消失和浩渺大江天际奔流的景色中,融进了作者久立楼头凝望友人乘舟远去的依依惜别之情,产生了无穷的韵味。李白还擅长五言绝句。如《静夜思》:"床前明月光,疑是地上霜。举头望明月,低头思故乡。"仿佛脱口而出,却又如灵光一闪,照亮了旅人的心,把他们的思乡之情轻快地抒发出来。这样的小诗,就如玲珑秋月,素雅兰花,多么惹人喜爱!从这些作品中也可以看出,李白能广泛地吸取前人的创作成果,特别注重学习汉魏南北朝乐府民歌,提炼出清新、自然、明净、华美的诗的语言。李白的两句诗:"清水出芙蓉,天然去雕饰。"正好用来说明诗人自己的语言风格特色。

李白使中国古代诗歌中的理想主义和反抗精神得到了完美的结合,将古典浪漫主义诗歌推上了高峰。他以大量内容充实、形式完美的优秀诗歌创作,为唐代诗歌革新事业的完成,作出了杰出的贡献。他的作品,对于唐代的韩愈、李贺、杜牧,宋代的苏舜钦、欧阳修、苏轼、陆游、辛弃疾,明代的高启、杨慎,清代的魏源、龚自珍等作家,都产生了巨大的影响。

杜甫(712~770年),字子美,生活在唐帝国由盛转衰的急剧转变的时期,亲身经历了"安史之乱"血沃中原、生灵涂炭的全过程,还看到唐王朝在"安史之乱"后一蹶不振、江河日下的败落景象。杜诗现存1400多首,他在诗歌创作中,把自己的生活和感情,与对时代和社会的写真交织在一起;把个人的命运、遭遇,与国家、人民的命运、遭遇交织在一起。他的诗歌从各个角度真实、艺术地再现了这个特定历史时期的社会面貌,其诗反映现实生活的广度和深度,不仅是同时代人无可比拟,也是我国古代文学史上任何一位诗人难以企及的。因此,他的诗成为唐代社会历史的写照,历来被称为"诗史"。

作为一个时代的歌手,杜甫的伟大之处,首先表现在他能透过盛唐社会繁荣昌盛的帷幕,看到它隐藏着的严重政治危机,并对它日趋腐朽的本质作了大胆、尖锐、深刻的揭露。他的《丽人行》从三月三日曲江游春饮宴的富丽豪华场面落笔,揭露了杨国忠、杨玉环兄妹娇纵荒淫的生活，曲折地讽刺了玄宗皇帝的昏庸和时政的腐败。长诗《自京赴奉先县咏怀五百字》真实地描绘了唐代"安史之乱"前夕的社会现实。诗中尖锐地指出："彤庭所分帛，本自寒女出。鞭挞其夫家，聚敛贡城阙。"诗人还进一步观察到社会上贫富的悬殊对立，写出"朱门酒肉臭，路有冻死骨"这样惊心动魄的诗句。诗人通过他探家途中的见闻和感受，表现出一种"山雨欲来风满楼"的时代动乱气氛，显示了诗人敏锐的政治洞察力。

　　杜甫的伟大之处还在于，他对人民一贯深切地同情和热爱。他不仅是看到，而且同人民一道经受着战乱、饥饿、寒冷、流离颠沛，因此他能够以前人从来没有的感情力度与深度，反映出人民所遭受到的各种压迫和苦难，并且表达出人民的思想感情和要求。杜甫能由一己之不幸，想到天下人的不幸，并宁愿自己承担不幸。当他为他人而悲吟时，不是带着优越感居高临下地悲天悯人，而是感同身受地推己及人。从接受心理看，这种抒情方式更能引起共鸣，深深地震撼人心。他在《茅屋为秋风所破歌》中写秋风卷走了他屋顶的茅草，风雨袭击着他的一家。在"布衾多年冷似铁"和"床头屋漏无干处"的艰苦处境中，诗人长夜不眠，唱出了自己的理想："安得广厦千万间，大庇天下寒士俱欢颜，风雨不动安如山！呜呼！何时眼前突兀见此屋，吾庐独破受冻死亦足！"宁愿自己冻死，来换取天下穷苦人民的温暖。这深厚的感情和博大的胸襟，来自"民胞物与"思想，这是杜甫人道主义精神的底蕴。"民胞物与",语出宋儒,但其思想古已有之,意即所有的人都是我的同胞,一切有生命的或无生命的物体,都是我的朋友。这种博大的"民胞物与"情怀,是杜甫被尊为"诗圣",受到世界人民共同敬爱的原因之一。杜甫的可贵之处,还在于他能够将爱国与爱民统一起来。在写于"安史之乱"的"三吏"、"三别"这两组诗中,诗人一方面通过各种人物不幸的命运和遭遇,反映出人民苦难的深重;另一方面又从平叛安国的大局出发,忍痛激励人民参加抗敌。杜甫还写了许多描绘自然山水景物和农村生活的诗歌,以及抒写夫妻、兄弟、朋友之情的诗,品评和题写绘画、音乐、书法、舞蹈艺术的诗,把新鲜、丰富的生活内容,高洁的思想,真挚的感情熔铸为优美、传神的艺术形象,能纯洁人们的情操,激励人们向上并给人们以美的享受。

　　从创作方法上看,杜甫的诗歌继承和发展了从《诗经》以来中国文学的现实主义传统。他遵循真实地、形象地反映现实生活的原则,又采用严谨精确的现实主义表现手法,取得了很高的艺术成就。杜甫多用古体叙事,近体抒情。他的叙事诗不仅数量多,而且质量高,现实主义的特色也表现得最为突出、充分。诗人善于选择和概括具有典型意义的人物和事件,通过个别反映一般。为了把人物和事件写得生动,他注意捕捉富有表现力的环境和动作细节,并常常运用对话或人物独白,读起来如见其人,如闻其声。他还有意识地采用俗语,使人物的语言个性化,增加诗的真实感和亲切感,使作品充满生活气息。更重要的是,诗人善于将自己的思想感情融化在客观的具体描写中，而不明白地说出，使作品更含蓄、更有力。这些艺术特点，不同程度地体现在《丽人行》、《兵车行》、《北征》和组诗"三吏"、"三别"中。杜甫抒情诗的特色不仅是高度的情景交融，而且更多的是情、景与时事的交融。诗人写景抒情，很少离开现实，而是随时随地想到他所处的干戈扰攘、国困民疲的时代。特别是入蜀途中和漂泊西南期间所写的抒情诗，往往笼罩着一层阴郁凄凉的色彩和沉重悲怆的气氛。五律《客亭》、《江上》、《江汉》，七律《登楼》、《阁夜》、《宿府》、《秋兴八首》等，都是情景与时事交融、把忧国忧民之情渗透到自然景物形象之中的名篇。杜甫写景抒情，善于小处落墨，从景物、事件的具体细微处写起，写得非常细致、逼真、精辟、传神。如《春夜喜雨》中的"好雨知时节，当春乃发生。随风潜入夜，润物细无声"，写春雨适时而来，滋润万物，悄无声息。又如"繁枝容易纷纷落，嫩叶商量细细开"，"圆荷浮小叶，细麦落轻花"等。杜甫也能大处着笔，写出"思接千载、视通万里"的壮阔境界，如"江间波浪兼天涌，塞上风云接地阴"，"吴楚东南坼，乾坤日夜浮"，"无风云出塞，不夜月临关"，"岱宗夫如何，齐鲁青未了"，等等。杜甫诗歌的风格是多样的，有的雄浑奔放，如《望岳》、《旅夜书怀》；有的清新明丽，如《绝句》："两个黄鹂鸣翠柳，一行白鹭上青天。窗含西岭千秋雪，门泊东吴万里船"；有的安闲恬静，如《江村》、《客至》；有的质实古朴，如《缚鸡行》、《同元使君春陵行》。但杜诗的主要风格却是沉郁顿挫。这种风格，就是浓厚、深沉的忧郁苍凉之情，通过雄浑而凝重的笔调，波澜变化、层次曲折的结构，回环反复、抑扬起伏的音节表现出来。《登高》诗云："风急天高猿啸哀，渚清沙白鸟飞回。无边落木萧萧下，不尽长江滚滚来。万里悲秋常作客，百年多病独登台。艰难苦恨繁霜鬓，潦倒新停浊酒杯。"此诗意象密集，具有大跨度的时空结构，蕴含着诗人忧时愤世、悲壮苍凉的丰富深沉的思想感情。据前人所评，第三联十四字之间，就包含八层意蕴。全篇八句皆对仗，锱铢钩两，毫发不差，一篇之中句句皆律，一句之中字字皆律，却一气呵成，节奏急促流动，仿佛完全不受格律束缚。明人杨伦评为"高浑一气，古今独步，当为杜集七言律第一"（《杜诗镜铨》），正是沉郁顿挫风格的代表作品。

　　杜甫是诗歌语言艺术的大师。杜诗的语言，以精工、凝炼、稳重、有力、含蕴、丰厚著称。如"星垂平野阔，月涌大江流"、"江鸣夜雨悬"、"晨钟云外湿"、"细雨鱼儿出，微风燕子斜"、"群山万壑赴荆门"、"流连戏蝶时时舞，自在娇莺恰恰啼"、"映阶碧草自春色，隔叶黄鹂空好音"都妙传景物的神态，有惊人的艺术魅力。杜甫对诗歌形式的运用，也集前人之大成。无论是五言七言、古体近体，都有自己的发展和创新。例如，近体诗中虚字日益消退，他便有意羼（音 chàn，掺杂之意）入虚字使它化虚为实并曲折诗意；近体诗日益陷入典丽雅致的套路，他便有意用

三　唐诗——中国诗歌发展的高峰

生新的僻语和平畅的俗语去矫正；近体诗日益受到定型句法与节奏的束缚，他便刻意用省略、倒装、虚词、离析等反常的句法去扭转它；近体诗声律日益谐调定型，他就刻意破弃音律作拗律吴体来矫正它；尤其是他的紧缩与舒展两种句法，更运用得得心应手。在各体之中，杜甫的五律、七律达到了登峰造极、无人企及的境地。

杜甫使诗歌深入地走向人民，走向现实生活，把古典诗歌的现实主义提高到一个自觉的、成熟的阶段。他是我国文学史上最伟大的现实主义诗人。他从诗歌的表现对象到创作手法，从诗歌的体裁到修辞手段，对前人的诗歌遗产作了全面的总结和发展。因此，他是中国古典诗歌史上一个承前启后的集大成者。他的创作，直接启发并引导了元结、顾况、白居易、元稹、张籍等人"新乐府"诗歌的创作。这种影响，又一直贯注到唐末的皮日休、曹邺、聂夷中、杜荀鹤等人的创作之中。杜甫的现实主义创作精神和卓越的艺术技巧，对于中晚唐的诗人韩愈、李商隐，宋代的诗人王禹偁、王安石、苏轼、黄庭坚、陈师道、陈与义、陆游、文天祥，金代的元好问，清代的顾炎武、沈德潜、黄遵宪等人，也都给予了不同方面、不同程度的影响。杜甫是我国文学史上影响最大的诗人之一，故有一代"诗圣"之称。

8　中唐的两大诗派

李白、杜甫去世以后，唐诗的发展进入中唐时期，这就是从代宗大历六年到文宗大和末年（771~835年）的60多年。中唐前期，即大历年间（771~779年），是唐诗发展的低潮。这时，新一代的文学巨匠还没有出现。活跃在诗坛上的，是以"大历十才子"为代表的一个诗人群体。这些人的经历各不相同，大都对战乱造成的社会破坏有一定的亲身感受，并在诗中作了某些反映。但他们更多地表现个人伤时哀世、悲欢离合的细微心曲。他们的山水诗以意境幽冷、狭窄为特征，艺术技巧圆熟，描写逼真，工整精炼。他们在艺术上有所追求，但尚难开一代风气。当时，还有以元结、顾况、戎昱、戴叔伦为代表的另一批诗人，继承杜甫的批判精神，写了一些揭露社会矛盾的作品，对后来以白居易为首的新乐府诗创作有不小的影响。

在大历诗坛上，艺术成就较高、影响也较大的诗人，是刘长卿和韦应物。他们都关心现实，同情人民疾苦。刘长卿（？~约789年）有一些抒写政治失意、反映动乱现实、揭露社会黑暗的优秀作品，如《长沙过贾谊宅》、《送从军六首》、《平蕃曲》、《疲兵篇》、《穆陵关北逢人归渔阳》等。他的五言绝句和律诗造诣很高，自诩"五言长城"。如《逢雪宿芙蓉山主人》："日暮苍山远，天寒白屋贫。柴门闻犬吠，风雪夜归人。"短短四句，生动地勾勒出一幅山村雪夜的图景。韦应物（约737~约791年），写了较多讽刺豪门贵族的奢侈享乐和同情劳动人民的贫困痛苦的乐府诗。他的七律《寄李儋元锡》有"身多疾死思田里，邑有流亡愧俸钱"之句，诚恳地披露了他当官清廉正直，同情人民，敢于自我反省，历来受到赞扬。他更以山水田园诗著称。这些诗主要效法陶渊明，也接受了谢灵运、王维的影响，表现出一种清幽萧散、淡远秀朗的风格。如《滁州西涧》："独怜幽草涧边生，上有黄鹂深树鸣。春潮带雨晚来急，野渡无人舟自横"，是唐代山水诗的名篇。

中唐前期这些诗人的创作活动，为中唐中期诗歌的复兴作了良好的准备。

唐德宗贞元到唐宪宗元和年间（785～820年），由于统治者采取了一些较好的措施，社会比较安定，出现了短暂的回升现象。这个时期，一方面，逐渐深化的社会矛盾，向诗人们提出了贴近现实、反映民生的迫切要求；另一方面，相对稳定的社会环境，又给予了他们精心创作、锤炼艺术的有利时机。因此，唐诗发展的又一个高峰出现了。它的标志，就是两大诗歌流派的崛起。一个是以白居易为首，元稹、张籍、王建、李绅等人为羽翼；另一个以韩愈为首，孟郊、贾岛、卢仝、李贺等为羽翼。他们面对诗歌创作"极盛难继"的困境，敢于追求变化创新，努力从博大精深的杜甫诗歌中汲取开拓创新的思想艺术营养。白派诗人对杜甫的继承，侧重在他敢于正视现实、抨击黑暗。他们学习杜甫"因事立题"、用乐府诗写时事的精神，在理论上和创作上大力提倡用乐府诗反映民生疾苦，使杜甫诗歌的现实主义精神进一步发扬光大。白居易（772～846年），字乐天，晚年自号香山居士。他提出"文章合为时而著，歌诗合为事而作"，诗歌应发挥"补察时政、泄导人情"的社会作用。他写的讽喻诗共170多首,其中《新乐府》50首,《秦中吟》10首。有的反映农民的贫困痛苦,有的讽刺统治者横征暴敛,有的揭露豪门贵族的荒淫无耻,有的反对黩武战争,有的同情妇女的不幸。白居易观察社会的犀利目光,几乎注射到每一个角落,发现大大小小各种各样的问题,使讽喻诗具有丰富的现实内容和强烈的战斗精神。这样有组织有计划地针砭时弊,是前人的乐府诗不曾有过的。例如《杜陵叟》诗中抨击贪官污吏:"剥我身上帛,夺我口中粟。虐人害物即豺狼,何必钩爪锯牙食人肉!"如此疾恶如仇、切齿痛骂的诗句,也是前人的诗中所少见的。在艺术上,这些讽喻诗主题专一、明确,"一吟悲一事",选材典型,重点突出;"首句标其目,卒章显其志",令人一目了然。为了突出意旨,诗人常常在叙事中夹杂议论。诗人按照事物的本来面目予以形象的具体描绘,情景真切,使人历历如见。一些作品还成功地运用了对人物的外貌、动作、心理等细节刻画,以及写景、抒情、叙事等多种艺术手段,塑造鲜明的人物形象。在谋篇布局方面,注意情节生动,脉络联系,前后照应。白居易更努力追求诗歌语言的通俗流畅、平易浅近,使他的诗歌朗朗上口又耐人咀嚼。《观刈麦》、《杜陵叟》、《新丰折臂翁》、《卖炭翁》、《轻肥》、《买花》等篇,是这一类诗中思想和艺术结合得相当完美的佳作。白居易还写了许多以景抒情的"闲适诗"和"杂律诗"。其中有不少历来传诵的名篇。如16岁时创作的五律《赋得古原草送别》，其中"野火烧不尽，春风吹又生"一联把咏物、抒情、言志巧妙地结合起来，使诗人名驰天下。七律《钱塘湖春行》和七绝《暮江吟》等篇写景非常优美动人。五绝《问刘十九》："绿蚁新醅酒，红泥小火炉。晚来天欲雪，能饮一杯无？"用平易的口语，表现出熟脱不拘的友谊，发散出比酒还要醇浓的情味。

白居易的"感伤诗"以长篇叙事诗《长恨歌》和《琵琶行》最著名。《长恨歌》写当时人们最感兴趣的唐玄宗和杨贵妃的故事。前半篇对玄宗的好色荒淫和贵妃的恃宠而骄导致安史叛乱有所讽刺；后半篇却用充满同情的笔触写玄宗的相思之情，从而使诗的主题思想由批判转为对他们爱情的歌颂。在创作方法上，前半篇写实，后半篇则运用了浪漫主义的幻想手法，可以说是一首传奇小说式的诗。《琵琶行》通过抒写琵琶女的不幸遭遇，揭露统治阶级的残酷和世态的炎凉，寄寓自己不得志的悲愤。全篇写实，比起《长恨歌》来更有现实意义。这两首长诗的艺术成就很高，人物形象鲜明生动，感情缠绵婉转，布局严谨得当，情节完整曲折，语言流畅优美。诗人把写景、抒情、叙事紧密结合。《长恨歌》侧重于通过景物来刻画人物心理，如"蜀江水碧蜀山青，圣主朝朝暮暮情。行宫见月伤心色，夜雨闻铃断肠声"，从蜀山蜀水、月色铃声给予玄宗的特殊感觉表现他的悲痛。《琵琶行》除了用秋天枫叶荻花和三次江月的精彩描写烘托人物感情外，主要通过人物的动作、神态来显示其复杂心理。诗中写琵琶女弹奏乐曲的一段，用象声词、双声词和叠韵词来描摹音乐,又用为人熟知的各种景物形象来比喻,把音乐写得千变万化,令人眼花缭乱,浮想联翩,既表现出琵琶女演奏技巧的高超,又传达出她内心的忧愁暗恨,这一段美妙动人的音乐描写历来为人称道。《长恨歌》与《琵琶行》是中国古典叙事诗中的珍品。

白居易是继杜甫之后的一位写实的艺术大师,他对古代叙事诗的发展作出了卓越的贡献。他实践了自己诗歌语言通俗化的主张。他的诗歌语言浅显平易,意到笔随,富于情味,雅俗共赏,因此在唐代极负盛名,从王公贵族到歌女仆夫广为吟咏,从官府大家到茶楼驿站到处题写,并且远播国外,日本、朝鲜等国都把白诗视为珍宝。后世诗人从晚唐的皮日休、杜荀鹤、聂夷中,到宋代的王禹偁、梅尧臣、苏轼、张耒、陆游,直到清代的吴伟业、黄遵宪等,都从不同方面继承和学习了他的诗风。

白派诗人中的张籍(766?～830?年)利用诗歌向黑暗现实进行斗争,写了很多现实主义诗篇,他善于提炼情节和语言,力求深入浅出。他的一些抒情小诗也写得清新自然,情意深厚。王建(766?～831年)与张籍齐名,他的诗也从多方面反映了社会现实,而且比张籍在表现和体察民俗民情民间生活方面更为细致入微。元稹(779～831年)是白居易的好友,当时并称"元白",他晚节不终,与权贵妥协。但他写讽喻诗的时间比白居易还早,这些诗有一定的思想深度,艺术上不如白居易。他的《连昌宫词》是和白居易的

《长恨歌》并称的长篇叙事诗。诗中反映"安史之乱"后社会的衰败并追溯祸乱的原因。诗人运用盛衰对照的手法,描写细腻,是其代表作。元稹还有悼念亡妻的《遣悲怀》三首,写得沉痛感人。李绅(772~846年)的新乐府诗多数失存,现存绝句《悯农二首》历来传诵:"春种一粒粟,秋收万颗子。四海无闲田,农夫犹饿死";"锄禾日当午,汗滴禾下土。谁知盘中餐,粒粒皆辛苦"。

韩派诗人则继承了杜甫在艺术上刻意求新、富于创造性的精神,特别致力于在杜甫胸中笔下还没有来得及开拓的领域。在内容上,他们写险怪,写幽僻,写苦涩,写冷艳,甚至写凶狠、丑恶。在形式上,他们以散文章法、句法入诗,并且大量使用一些非前人诗中所习见的词语,押险韵,从而拓展了诗歌的表现领域,丰富了诗歌的创作手段和艺术风格,推动了唐诗的发展,并对宋诗的散文化、议论化产生了影响。

韩愈(768~824年)不但在文体革新和古文创作方面卓有成就,而且在诗歌创作上也勇于开拓创新。他既继承了李白壮浪纵恣的奇情幻想,又吸收了杜甫的博大精深和"语不惊人死不休"的创作精神,用自己的才情、气质和功力,创造出雄奇险怪的诗歌风格。他善于描绘惊心动魄的奇景异象,如"轩然大波起,宇宙隘而妨"的洞庭湖,"天跳地踔颠乾坤,赫赫上照穷崖垠"的山林大火,"星如撒沙出,攒集争强雄。油灯不照席,是夕吐焰如长虹"的月食夜等。即使是平凡的景物和事件,他也要运用奇崛的笔墨捕捉具有强烈视听效果的瞬刻情景，描绘出具有震撼力的画面。如《雉带箭》写将军射猎，被评为"短幅中有龙跳虎卧之观"。诗中"将军欲以巧伏人，盘马弯弓惜不发"两句尤为世人称道。韩愈还善于以文为诗，把古文的章法结构、句式、虚词、议论、铺叙等手法带进诗中。他的《山石》按照时间顺序，依次记述游踪，描写了从黄昏、深夜到天明的古寺深山景色，移步换形，描述清晰，一句一漾，如展画图，是用游记手法写诗的杰作。《南山诗》则是韩愈用辞赋的铺叙手法写诗的代表作。这首诗长达102韵，204句，却故意一韵到底，因难见巧，押用险韵。其中铺叙登南山绝顶所见的一大段，一气直下地连用五十多个带"或"字的比喻句，使生动形象如浪涛汹涌而来，展现出南山峰峦连绵的千姿百态。《八月十五夜赠张功曹》一篇之中，有友有我，有今有昔，有哀有乐，有虚有实，有正有反，是古文章法绝妙的运用。韩愈还有意反对称、反均衡、反和谐、反圆润之美，往往通首彻底散行，不用骈偶对仗，又故意似对非对，用生僻字，用散文句式。总之，他在诗的内容上，通过"狠重奇险"境界，追求"不美之美"；在诗的形式上，通过散文化的风格，追求"非诗之诗"。这是他对我国诗歌艺术发展所作的巨大贡献。但有时分寸没有掌握好，追求"狠重奇险"过了美的界限，成为欣赏丑恶；追求散文化也失之太过，严重损害了诗的形象性与音乐美。但韩愈在近体诗中，也能出色地写出清润华腴或淡朴深挚的佳作。如七律《左迁至蓝关示侄孙湘》，写他因谏迎佛骨被贬官途中的失意悲愤,语言健朴,意境雄阔而苍凉,是痛切感人的杰作。又如七绝《早春呈水部张十八员外》:"天街小雨润如酥,草色遥看近却无。最是一年春好处,绝胜烟柳满皇都",能以自然之语,传早春之神,状物写景极为准确、精细。韩愈不愧为开创一种流派和风格的诗坛巨擘。

韩派诗人还有孟郊和贾岛,向来并称"郊岛"。宋代作家苏轼用"郊寒岛瘦"四字来概括他们的诗歌风格。孟郊(751~814年)一生贫寒,善于描写老病穷愁的凄凉境况,在艺术上也是刻意搜奇斗险,追求一种枯槁瘁索的美,代表作有《寒地百姓吟》、《秋怀》、《石淙》、《游终南山》等。但他的《游子吟》:"慈母手中线,游子身上衣。临行密密缝,意恐迟迟归。谁言寸草心,报得三春晖。"却写得自然质朴而又感情浓烈,是中国古典诗歌中歌颂母爱的杰作。贾岛(779~843年)同孟郊一样以苦吟著称,诗学孟郊的清苦,却以瘦硬僻涩取胜。诗中常有佳句,但意境完整的多数是小诗,如《访隐者不遇》:"松下问童子,言师采药去。只在此山中,云深不知处。"用轻快的问答,写出了隐者的生活和情趣,笔墨精炼,景外有象,令人遐想无穷。韩派诗人中还有姚合、卢仝、马异、刘叉等人。年辈稍晚的李贺(790~816年)是一位天才而短命的浪漫主义诗人。他对社会现实有比较清醒的认识,关心国家兴亡和人民的命运,维护王朝的统一,反对当时的宦官专权和藩镇割据,痛恨统治阶级的昏庸残暴与荒淫腐败,同情妇女的不幸遭遇,也感慨仕途的坎坷和人生的无常。这些思想感情都在他的诗歌中得到反映。在艺术上，他继承了屈原、李白的浪漫主义传统，也受韩愈的求新务奇的影响，呕心沥血，刻意创新。他的诗构思奇巧，想象诡谲，比喻精妙，意象密集，意境怪诞，情调凄冷，设色浓丽，遣词造句力求深刻独创。这一切构成了一种浓艳凄清而又奇险幽幻的独特风格。在他的诗里，那些斩龙使时光凝固，敲太阳发出玻璃声，月亮如轮轧过草地，大海如杯水，九州九点烟，铜人泪落如铅汁，鬼魅点灯光如漆色，百年老鸮成木魅等意象，都那么虚荒怪诞，匪夷所思。他留下了诸如《李凭箜篌引》、《金铜仙人辞汉歌》、《雁门太守行》、《梦天》、《致酒行》等名篇，以及"石破天惊逗秋雨"、"黑云压城城欲摧"、"天若有情天亦老"、"雄鸡一声天下白"等名句。他在韩派诗人乃至唐代诗人中独树一帜，为我国古典诗歌开拓出一种新奇的艺术境界。

除了这两大派诗人之外，中唐杰出诗人还有柳宗元和刘禹锡。柳宗元（773～819年）是与韩愈齐名的唐代最优秀的散文家之一，也写了不少出色的诗篇。他的诗，抒写了时事政治、民间疾苦、自己的政治抱负以及长期被贬谪的抑郁悲愤情怀。他的山水诗常常描绘深林、幽谷、清溪、寒花，渗透着凄清忧伤、迷离怅惘的情调，表现出一种清俊高洁的风格，像缊崖峻谷中凛冽、清澄的潭水，艺术成就很高。《渔翁》描绘了"烟消日出不见人，欸乃一声山水绿"的清寂幽奇景色。五绝《江雪》："千山鸟飞绝，万径人踪灭。

孤舟蓑笠翁，独钓寒江雪。"以茫茫雪景烘托出寒江独钓的渔翁形象，曲折地表达了诗人坚强孤傲、不甘屈服的品格。刘禹锡（772~842年）是著名的朴素唯物主义思想家，又是杰出的诗人。他的讽刺诗《戏赠看花诸君子》、《再游玄都观》，抒情诗《酬乐天扬州初逢席上见赠》，咏史诗《西塞山怀古》、《金陵五题》都广为传诵。他善于在写景抒情中融入人生哲理，如"沉舟侧畔千帆过，病树前头万木春"、"芳林新叶催陈叶，流水前波让后波"、"千淘万漉虽辛苦，吹尽狂沙始到金"等，对宋代理趣诗很有影响。他的山水诗情境优美，辞藻瑰丽。他还善于从民间歌谣中吸取营养，创作了一批反映下层民众生活和风土人情的民歌体诗词，风格清新活泼，有浓厚的生活气息，又比民歌更精致、细腻、华美，是文人诗和民歌相结合的典范。例如《竹枝词》（其一）："杨柳青青江水平，闻郎江上踏歌声。东边日出西边雨，道是无晴却有晴。"

由于中唐的政治环境、人们的生活和思想以及整个社会风尚和文化氛围，与盛唐相比，都发生了巨大的变化。因此，中唐诗歌情感基调郁闷低沉，意境相对来说狭窄内敛，与盛唐诗歌那种昂扬的基调，阔大外拓的意境，以及由此而表现出来的雄浑与明朗之美，形成鲜明的对照。其次，中唐诗人或注意雕琢炼饰，追求丽藻与远韵的统一；或崇俗尚质，追求浅切尽露的平易之风；或崇奇尚怪，追求"笔补造化"的人工之美，与盛唐诗歌那种自然浑成之美，也形成了鲜明的对照。再次，中唐时期高度发达的宗教文化，对这一时期的诗歌创作产生了十分深刻的影响。它不仅直接影响了诗人们的世界观、人生观，而且也使他们的诗歌创作具有新的精神，注入了新的因素。中唐诗人是以积极的主动的态度，大胆地借鉴和吸收宗教思想与宗教艺术中的某些成分，使他们在艺术想象、艺术构思、意境的构成，以及艺术形象的创造等方面，都具有新颖奇异的特点。例如，诗人顾况、孟郊、李贺，都从道教的神仙境界中吸取了许多艺术营养；韩愈的诗不仅受到佛经偈颂的影响，而且还从佛教寺庙壁画的地狱变相、奇踪异状、曼荼罗画中吸取了意象和意境素材；卢仝的《月食诗》也参用地狱鬼神的形象来描写天上的魔鬼。正是由于宗教文化的影响，加速了唐诗变异的进程，也加重了变异的色彩。总之，中唐诗人在时代氛围的孕育中，以异乎寻常的胆识与魄力，打破了"极盛难继"的困境，在盛唐诗歌之后，开创了新的途径，展示了新的美学风范，为诗坛带来了"再盛"的局面，这一点应得到充分的肯定。他们的创新精神、态度与方法，使得历代诗人借鉴；他们由于过分求奇创新而带来的不足，也应引以为戒。

6 唐诗的夕阳返照

从唐敬宗宝历元年至唐亡（825～907年），共计83年，文学史一般称为晚唐时期。这一时期，唐王朝无可挽回地衰落下去，反映在诗歌里往往表现为无力的叹息夹杂着愤慨和感伤。晚唐前期的代表诗人是李商隐和杜牧,被称为"小李杜"。杜牧(803~853年)是曾任三朝宰相又著有《通典》的杜佑之孙。他继承祖父经邦济世的精神,也喜谈政论兵。他在《郡斋独酌》、《河湟》、《感怀》等诗中,表现了自己的理想抱负和忧国忧民的感情。他才华横溢,擅长七律和长篇五古,但七言绝句的成就最高。他的咏史七绝针砭时弊,借古讽今,抓住历史上兴亡成败的关键问题发表独到的议论;善于选择史实的某一片断,从一个特定角度下笔,寓讽喻之意于诗情浓郁的形象之中,因此艺术构思奇巧,见识超卓,情味蕴藉,英气逼人。《赤壁》、《过华清宫》都是名作。他的写景七绝,笔致轻灵,语言优美,画面鲜丽,意境深远,风格清新俊逸。《江南春》、《山行》等篇都脍炙人口。《山行》云:"远上寒山石径斜,白云生处有人家。停车坐爱枫林晚,霜叶红于二月花。"李商隐(813~858年)是一个有政治抱负又多才善感的人,不幸被卷入牛僧孺和李德裕两大官僚集团的斗争漩涡之中,到处被排挤而潦倒终身。他在爱情婚姻方面也遭受种种不幸,因此形成感伤抑郁的性格。他的诗抒发了忧虑国事、关心民瘼、渴望有所作为的情怀。长篇政治诗《行次西郊作一百韵》,真实地描述了农村的破败景象和人民的苦难,提出了行仁政、任贤能的政治主张,说明了社会的治乱在人不在天的真理,具有诗史的规模,明显地受到杜甫的《北征》和《自京赴奉先县咏怀五百字》等五古长诗的影响。《有感二首》和《重有感》把矛头指向掌权的宦官,《隋师东》、《寿安公主出降》则是针对藩镇割据而发。他的咏史诗同杜牧一样，也是借古讽今，曲折地对政治问题发表意见，题材比杜牧的咏史诗更丰富，并以其深邃的思致与杜牧的俊逸有别。他的咏物诗和写景抒情诗也有不少佳作，如《登乐游原》："向晚意不适，驱车登古原。夕阳无限好，只是近黄昏。"苍凉悲壮的境界，深厚而不确指的意蕴，使这首小诗的思想艺术魅力无穷。但最能体现李商隐诗歌艺术特色的，是那些以《无题》为题的爱情诗。这些诗含蓄细腻地表现了一个封建士大夫对爱情的复杂心理。这类诗感情凄婉，构思精密，想象丰富，多用象征暗示手法和典故，辞藻浓丽，对仗精妙，韵律和谐，意境朦胧，具有一种深情绵邈、绮丽精工的独特风格，前人喻为"百宝流苏，千丝铁网"，虽也有晦涩难懂之弊，总的来看，艺术成就很高。例如："相见时难别亦难，东风无力百花残。春蚕到死丝方尽，蜡炬成灰泪始干。晓镜但愁云鬓改，夜吟应觉月光寒。蓬山此去无多路，青鸟殷勤为探看。"诗中第二联用两个绝妙的比喻，象征情人至死不休的刻骨相思和始终不渝的爱情，成为千古传诵的名联。

晚唐后期四五十年，唐诗日益衰落，但也出现了一些比较有名的作家和作品。聂夷中、皮日休、杜荀鹤、陆龟蒙、罗隐等人的诗比较深刻地反映了农村的凋敝和农民所受的剥削与痛苦，如《橡媪叹》、《咏田家》、《山中寡妇》等。这些诗继承了杜甫、白居易的现实主义传统，在艺术风格上朴实无华，浅显通俗。这些诗人形成了一个相近的流派，他们的诗歌在暗淡的晚唐诗坛上放射着光彩。与此同时，还有另外一个流派，主要人物有司空图、韩偓、温庭筠、韦庄等，他们的诗思想内容比较复杂，或写香奁侧艳，或感时伤乱，或追求山林隐逸的淡泊宁静，情调比较低沉、伤感，艺术性较高。其中韩、温、韦的一部分写景抒情，特别是写爱情心理的作品，风格清丽婉曲，同语境相类。

综观唐代诗歌，它的基本风貌和总的趋势是积极进取的。诗人们饱满的政治热情、对人生的热爱和对青春生命的珍惜，在作品中都得到了直接或间接的表现。唐代诗人们特别善于情感的抒发，追求一种以情观景、触景生情、情景交融的艺术境界，使诗意含蓄蕴藉，能诱发人们不尽的想象与无穷的回味。他们重意象而不重写实，重情感的抒发而少有哲理思辨，以情感人而不以理服人。他们要求诗歌意境空灵、气象浑成，而不看重思理缜密和翔实。总之，唐诗的主体风格正是"以丰神情韵见长"（钱钟书《谈艺录》），"如初发芙蓉，自然可爱"（明胡应麟《诗薮》外篇卷六）。

从人文精神的角度来看，唐诗所普遍达到的情景交融的意境，乃是中国古代"天人合一"的文化精神，发挥到了灿烂境界的感性表征。中国农业文明的特点，使中国人特别是诗人们有一种与生俱来的和大自然的亲切感，中国古代的哲学家认为："人者，天地之心也。""灵台者，天之在人中者也"（《礼记》）。天中有人，人中有天，主客互融，就是天人合一。具体地说，人既要改造自然,又要顺应自然,应当调整自然使其符合人类的愿望。既不屈服于自然,也不破坏自然,以天人相互协调为理想。唐诗的意境,体现了人的生命情意与大自然物象生命表现形态之间的契合,这就是从《诗经》以来诗歌中所表现的人心与自然之间的感应,发展而为人心与自然之融凝为一。因此,"天人合一"就是唐诗艺术的真精神,是唐诗意境的文化底蕴。

四 继续开拓创新的宋诗

1 宋初诗人对唐诗的沿袭和革新

公元960年,后周殿前都点检赵匡胤发动兵变,取得政权,建立宋王朝,结束了晚唐五代割据分裂局面,恢复了中国的统一。

宋诗是我国古典诗歌发展史上仅次于唐诗的又一个高峰。它在继承唐诗的基础上把唐诗没有开拓的余地加以发展,而且具备了不同的风格特色。

北宋诗,是宋诗发展的重要阶段。它的发展过程,大致可以分为初、中、后三个时期。

初期从宋太祖建隆元年到宋仁宗天圣八年欧阳修中进士之时(960～1030年),大约70年。这是宋诗的沿袭期。

宋代开国之初,诗坛承袭晚唐五代遗风,来不及积极地创造发展。这时,诗坛上有三个流派,称为宋初"三体"。一是"白体",以王禹偁为代表,有徐铉、李昉等人。他们学白居易诗的浅易风格,又承袭元稹、白居易诸人次韵唱酬的习气。其中王禹偁

（954~1001年）的成就最高。他出身贫寒，仕途坎坷，屡遭贬谪，为官清廉，刚直不阿。他不仅学白居易，还学杜甫。其诗敢于面对现实，关注民生疾苦，表现对国事的忧虑。有的长篇诗歌叙写他自己的遭遇和怀抱，畅所欲言，挥洒自如，开宋诗散文化、议论化的先声。有的写景抒情诗如《村行》："马穿山径菊初黄，信马悠悠野兴长。万壑有声含晚籁，数峰无语立斜阳。棠梨叶落胭脂色，荞麦花开白雪香。何事吟余忽惆怅？村桥原树似吾乡。"语言精炼，写景生动，意境清远，在一定程度上避免了白体诗派常见的内容浅薄、语言浅俗的毛病，给宋诗带来了新的气息。其二是"晚唐体"。这一派诗人主要是一些在野的山林隐士、下层文人和僧人。代表人物有林逋、魏野、潘阆和"九僧"。他们以学习贾岛、姚合为主，尚苦吟，重工巧，喜白描，忌典故，诗境狭小，风格或平淡高远，或闲逸孤峭，或清苦深细。多采用五言律绝描写山水景物，表现隐逸情趣。其中，林逋（967~1029年）影响较大。他一生未娶未仕，隐居杭州西湖上的孤山，以赏梅养鹤自娱，人称"梅妻鹤子"。山水诗《宿洞霄宫》中的"碧涧流红叶，青林点白云。凉阴一鸟下，落日乱蝉分"，可见其清逸幽远。他以咏梅著称。《山园小梅》中的"疏影横斜水清浅，暗香浮动月黄昏"，曲尽梅花的姿态和神韵，广为传诵。总的来看，晚唐体虽然细碎小巧，但似乎也预示了宋诗精细化的倾向。其三是"西昆体"，因杨亿编辑《西昆酬唱集》一书而得名。这一派的形成是在白体诗之后，代表诗人有

四 继续开拓创新的宋诗

杨亿、刘筠、钱惟演，他们是宫廷的文学侍臣，有较深厚的文化学识，对曾流行于官场的白体诗的浅陋平俗不满，故而学李商隐，想用李商隐雅丽密致的诗风予以矫正。他们有少数咏史诗，有感而发，借古讽今，富有现实意义，但绝大多数是歌咏宫廷生活、表现男女情爱或咏物之作，内容浮薄，远离现实。在艺术上，他们矫枉过正，卖弄学识，过分在辞藻、声律、典故上用工夫，因此创作成就有限，甚至产生了一些流弊。但他们在重视诗人主观的学识修养、重视作品的文化品位等方面，却显示了以才学为诗的宋代诗风的端倪，所以后来欧阳修、苏轼、黄庭坚等人倡导诗风变革，对于杨、钱等人的才学和诗歌都给予了较高的评价。

北宋诗的中期，从宋仁宗天圣八年欧阳修中进士起，到神宗熙宁五年欧阳修去世止（1030～1072年），凡40余年。这是北宋诗歌革除旧习、开创新风的革新时期。梅尧臣、苏舜钦、欧阳修以其诗歌理论和丰富的创作实践，在确立新的诗歌观念和开辟宋诗独特境界方面，都起到了重大作用。梅尧臣（1002～1060年），字圣俞。他强调发扬《诗经》、《离骚》的优良传统，注重诗歌的形象性和意境的含蓄性，主张"意新语工，得前人所未道"，"状难写之景如在目前，含不尽之意见于言外"，还要求"以故为新，以俗为雅"，并把"平淡"作为诗歌的最高艺术境界。他以自己的诗歌创作实践了这些艺术主张。他的诗歌富于现实内容，题材广泛，不少作品生动真实地描绘出农村的荒凉景象和农民的贫苦生活，表现了对贫苦百姓的同情和对残暴官吏的愤恨。如《陶者》："陶尽门前土，屋上无片瓦。十指不沾泥，鳞鳞居大厦。"简辣、深刻地揭示了贫富悬殊、阶级对立的社会本质。他还有不少写景抒情诗，善于在常人不经意处捕捉诗意，创造出清奇的意象，风格或闲远平淡，或古硬质朴。例如《鲁山山行》："适与野情惬，千山高复低。好峰随处改，幽径独行迷。霜落熊升树，林空鹿饮溪。人家在何许？云外一声鸡。"对景物观察细致，体验深刻，显示出在平淡中见精微的特色。梅尧臣对宋诗的发展起着开辟道路的作用，后人称他是一代宋诗的开山祖师。苏舜钦（1008～1049年），字子美，与梅尧臣齐名，时称"苏梅"。他认为诗歌应"警时鼓众"，"致于用而已"。他"发其愤懑于歌诗"，写了许多指陈时弊、揭露统治阶级罪恶的作品，比梅诗更大胆直率、痛快淋漓。在宋代诗人中，他是较早地关心宋辽战争、抒写杀敌报国英雄抱负的一位诗人。他的写景抒情小诗大多感情强烈，想象奇特，笔力雄健，色彩鲜明，意境开阔，与梅诗大异其趣。如《淮中晚泊犊头》："春阴垂野草青青，时有幽花一树明。晚泊孤舟古祠下，满川风雨看潮生。"欧阳修评苏梅二家诗云："子美笔力豪隽，以超迈横绝为奇；圣俞覃思精微，以深远闲淡为意。"清人叶燮说："开宋诗一代之面目者，始于梅尧臣、苏舜钦二人。"但苏诗往往失之粗糙，梅诗常常流于枯瘠。

在宋代的诗歌革新运动中，苏梅是前驱者，而将这个运动引向胜利的是欧阳修。欧阳修（1007～1072

年），是北宋著名的政治家、文学家、史学家，名重一时的文坛领袖。他倡导古文运动，并将古文运动的精神贯穿到诗歌的革新之中。他认为变革诗风的目的在于恢复风雅古道，使诗歌密切联系现实，切于实用。他提出"诗穷而后工"的观点，强调生活阅历在诗歌创作中的重要作用。他做诗追求格调高而命意深，以渊博的学问和高超的识见去纠正晚唐五代以来的浅薄和卑俗。他的诗内容充实，思想性强，或批评时政，谴责朝廷对辽国屈辱求和，抨击赋敛、兼并、力役之弊；或指斥小人当道；或表达自己的政治见解；或慨叹人生世态。他还用诗歌评骘人物、品藻诗画。他的诗同时受到李白、韩愈的影响，具有多样的风格，因题材和体制而异。近体仍属唐格，工整流畅，平易自然，多情景交融之作，很少议论用事。例如七律名篇《戏答元珍》："春风疑不到天涯，二月山城未见花。残雪压枝犹有橘，冻雷惊笋欲抽芽。夜闻归雁生乡思，病入新年感物华。曾是洛阳花下客，野芳虽晚不须嗟。"此诗起势突兀，尾联翻进一层，通篇文字平易，却语有曲折，意有顿挫，气脉流畅，既富诗情，又蕴哲理。由于他是古文家，又有高深的学问，在古体诗中更多地"以文为诗"、"以才学为诗"、"以议论为诗"，在诗中运用古文章法句法，讲究顿挫转折，虚实正反，有时几乎通篇散行，句型长短错落，参差跌宕，甚至直接运用散文常用的语气助词、介词和结构助词等，用韵多变，随情感变化而调整韵脚，换韵讲究平仄互换，以助抑扬顿挫之美。这种散文化、议论化与韩愈一脉相承，却以平易清畅代替韩愈的生僻险怪，比韩诗更多一唱三叹、流动潇洒的韵致。这是欧阳修学韩而高于韩之处。《春日西湖寄谢法曹》、《飞盖桥玩月》、《明妃曲和王介甫作》等篇，都是体现欧诗散文美之作。总之，欧阳修以文为诗、以议论为诗开拓了诗歌艺术的新领域。而他对宋诗的最大贡献，则是创造了一种表情达意畅快明白、有别于唐诗而具有自己时代特色的诗歌语言风格。虽然欧阳修有的诗也写得过于散漫，说理过多，缺乏形象和艺术感染力。梅尧臣、苏舜钦、欧阳修三人的创作实绩，奠定了宋诗的崭新风格和繁荣的基础。

2 苏轼开拓宋诗新境界的功绩

北宋诗歌发展的后期，从宋神宗熙宁五年欧阳修去世，到宋钦宗靖康元年北宋灭亡（1072～1126年），凡50余年，是北宋诗歌大发展、大繁荣的时期，也是一代宋诗风格成熟的鼎盛阶段。

在欧阳修去世前，王安石、苏轼、黄庭坚等名家先后在诗坛崛起，成为领袖人物，是他们把欧、梅等开始的宋诗新风推向前进。其中，年岁稍长的王安石（1021～1086年）是介于中期与后期之间的重要诗人。他又是杰出的政治革新家和北宋诗文革新运动的积极推动者，今存诗1500多首，前后两期以退居江宁为界，在诗风上有很大差别。前期学习杜甫关心政治时事、同情人民疾苦的写实精神，创作了许多政治诗和咏史诗，突出地代表了宋诗政治色彩浓厚的倾向，也为宋人写作关注现实、讽喻政治的诗歌作了示范。除《明妃曲》等少数作品写得感情深沉诗味浓郁外，多数作品以议论为主，缺乏形象和诗味，明显地表现出散文化、议论化的倾向。后期因革新失败，退居金陵，放情山水，主要创作写景抒情诗，在艺术上走上杜甫"老去渐于诗律细"的道路，注重艺术锤炼，炼字炼句，讲究对仗、用典、声律，构思新巧，形象鲜明，追求意境清远、圆熟自然的风格，名篇佳作迭出，在宋人绝句中首屈一指，被南宋人严羽称为"王荆公体"。例如《书湖阴先生壁》："茅檐长扫静无苔，花木成畦手自栽。一水护田将绿绕，两山排闼送青来。"王安石的诗歌创作，推动了宋人宗杜、学杜之风的兴盛，而且以其深邃的思想、新颖的见识及后期对艺术技巧的探索追求，对宋诗独特风格的形成和发展起了较大的推动作用。

与王安石同时代的诗人王令（1032~1059年）是王安石大力揄扬的一位青年诗人，只活了28岁。他的诗主要吐露他的远大抱负和对当时现实的不满与悲愤，想象奇特，气魄宏伟，表现出鲜明的浪漫主义色彩，这在宋诗中是少见的。如《暑旱苦热》："清风无力屠得热，落日着翅飞上山。人固已惧江海竭，天岂不惜河汉干？昆仑之高有积雪，蓬莱之远常遗寒。不能手提天下往，何忍身去游其间！"此外，曾巩、郑獬、刘攽、吕南公、王珪、刘敞等人都写出了反映现实、语言自然质朴、风格舒畅的佳作。

四 继续开拓创新的宋诗

这个时期,成就最高的大诗人是苏轼。苏轼(1037~1101年),字子瞻,号东坡居士。他是继欧阳修之后的文坛领袖,中国文学史上罕见的通才,诗、词、文及书画都有很大成就。他一生于诗歌用力最勤,较之词和散文,诗歌的题材更广泛,内容更丰富,风格更多样化。现存苏诗共2700多首,按其题材和内容,大致可分为政治讽刺诗、咏物诗、写景纪游诗、题书画诗、论诗诗等。他写了不少反映政治问题的诗,关心国计民生,揭露社会矛盾,痛斥官场黑暗,同情人民疾苦。他还写了一些关于修堤抗洪、赈济灾民、抚养弃婴、开办乡村医疗、开发煤矿的诗篇,对前人很少涉及的社会问题有所开拓。还有一些诗篇,反映当时的民族矛盾,抒发了诗人的报国之情。苏轼一生,足迹遍布中国,所到之处饱览祖国山川的奇景伟观,故其纪游诗及由此而生发的哲理诗,最为脍炙人口。激流汹涌的徐州百步洪,凄寒入骨的庐山栖贤三峡桥,奇绝的三峡,壮阔的长江,钱塘的怒涛,海市的变幻等,都在诗人的笔下展现出一幅幅气象非凡的壮美画卷。苏轼极善于观察和捕捉自然景物千变万化的不同特征,以生花妙笔去描写刻画,构成独特而新颖的意象和境界。如《饮湖上初晴后雨》:"水光潋滟晴方好,山色空濛雨亦奇。欲把西湖比西子,淡妆浓抹总相宜。"以西施比西湖之美,从此西子湖成了西湖的别名。苏轼的写景诗还能寓哲思理趣于景中,如《赠刘景文》:"荷尽已无擎雨盖,菊残犹有傲霜枝。一年好景君须记,正是橙黄橘绿时"。在景物的变化中暗示时间和人生的宝贵,启迪人们要珍惜美好年华。苏轼的哲理诗使情、景、理三者有机统一,意蕴无穷。苏轼论诗、题画、评书法的诗,既能再现诗书画艺术的精妙,又能超越原作而抒写出诗人的艺术感受和见解、审美情趣与人生体验。如《惠崇春江晚景》:"竹外桃花三两枝,春江水暖鸭先知。蒌蒿满地芦芽短,正是河豚欲上时。"

苏轼比起欧阳修、王安石来,更注意诗的形象性,注意诗的韵味。苏诗无论描写风光、物态和人情,都"爽如哀梨,快如并剪,有必达之隐,无难显之情"(赵翼《瓯北诗话》)。例如《有美堂暴雨》:"游人脚底一声雷,满座顽云拨不开。天外黑风吹海立,浙东飞雨过江来。十分潋滟金樽凸,千杖敲铿羯鼓催。唤起谪仙泉洒面,倒倾鲛室泻琼瑰",写得瞬息变幻,意象雄奇飞动,令人震眩。又如《韩幹马十四匹》写画中群马,各具神态,巧夺画工。《泛颍》写他临流照影,波闪影动,"忽然生鳞甲,乱我须与眉,散为百东坡,顷刻复在兹",真是情态活现;《中秋见月和子由》写月出云散,"瑞光万丈生白毫","乱云脱坏如崩涛","谁为天公洗眸子,应费银河千斛水"。何等神奇瑰丽!苏轼想象丰富,善用比喻,无不新颖贴切。"人所不能比喻者,东坡能比喻;人所不能形容者,东坡能形容。"(施补华《岘佣说诗》)尤其是在《百步洪》中,诗人一连用了兔走鹰落、骏马下注、断弦离柱、箭脱手、飞电过隙、珠翻荷等7种形象来比喻百步洪的急湍,真使人眼花缭乱,惊心动魄。苏诗放笔快意,一泻千里，不假雕琢，挥洒自如，竟不着力，却姿态横生，体现出他所主张的"出新意于法度之中，寄妙理于豪放之外"（苏轼《书吴道子画后》）的艺术创作原则。苏诗有丰富多样的风格，尤以清雄旷放为主调。在苏轼的笔下，无论是古体、今体、五言、七言，都能驾轻就熟，写出杰作。其中，七言歌行形式自由，最便于他驰骋笔力，恣意挥洒。他的七律，在格调上具有白居易、刘禹锡的流丽圆转，又显得雄奇峻拔，气势逼人。

总之，苏诗是宋诗的杰出代表。梅、苏、欧、王所开拓的以文为诗的艺术特点，如平淡中出新，描写穷形尽相，运散文的气势、章法与句法入诗，以及好议论，尚理趣等，都被苏轼发挥得淋漓尽致，开拓出新的境界，艺术上也达到了成熟。苏轼不只是受到梅、苏、欧、王的启迪，凡古今诗人之长都有所吸取，尤以受陶渊明、李白、杜甫、韩愈、白居易、刘禹锡的影响较大。由于苏轼具有深刻的思想，渊博的学识，热爱生活的高旷情怀，以及多方面的艺术天才，因此苏诗的成就超越了他同时代的诗人，继唐代李、杜之后在诗歌艺术上别开生面，成为诗被宋人称为"东坡体"的一代艺术大家。苏轼有些作品过于矜才炫学，堆砌典故，也有一些应酬之作，但这些都不足以掩盖他开拓创新的光辉。

苏轼是宋诗之魂。他在诗歌中所表现出的正直率真的个性，挥洒不羁的才气，健康开朗的幽默感，以及这一切所构成的崇高的人格，这种人格所具有的独特魅力与所反映的价值取向，在封建士大夫中有一定代表性，因而为历代士人仿效并深受景仰，产生了深远的影响。若论诗歌的天才飘逸，苏轼略逊于李白，而论学识的深广渊博，苏轼则超过李白。在苏诗中，突出地体现了才与学并重的宋诗特点。苏轼虽然没有如同他的诗友黄庭坚开创江西诗派那样开创一个东坡诗派，但他以一种解脱束缚、随心所欲而不逾矩的自由创作精神去影响当时和后来的诗人，这种看似无形的精神影响，更加深远。

3 黄庭坚和江西诗派对宋诗的影响

苏轼以外，北宋后期的主要诗人还有苏轼的表亲文同、弟弟苏辙，还有被称为"苏门四学士"的黄庭坚、秦观、张耒、晁补之，以及同属苏门的陈师道、李廌等人。其中，黄庭坚（1045～1105年）与苏轼齐名，并称"苏黄"。他的总的创作成就不及苏轼，但由于他在苏诗的基础上继续求新求变，取得了独特的成就，便成了宋诗特征最典型的代表，在宋代诗坛上影响巨大。

对于黄庭坚的诗歌理论与创作，历来有许多误解。流行的几种文学史著作中曾指责黄诗是"形式主义"，"反现实主义"，"只重视书本而轻视生活"，"内容不外是儒家思想和禅学思想的反刍"等。近年来诸多学者作了较深入的研究，澄清了许多似是而非的结论。

黄庭坚论诗主张学杜甫"善陈时事，句律精深"

（引自《潘子真诗话》）两个方面。他主张诗人多读书以提高自身的主观修养，但他更强调诗人应在生活阅历中使精神得到锤炼，达到至高的境界，认为"文章惟不构空强作，诗遇境而生，便自工耳"（《与人书》）。他著名的"点铁成金"说，过去被解释为取用古人陈言，加以点化而变成新的诗句，因此也就进一步被看做是提倡蹈袭剽窃。其实，他在《答洪驹父书》中说："古之能为文章者，真能陶冶万物，虽取古人之陈言入于翰墨，如灵丹一粒，点铁成金。"这段话的意思是说，真正的诗人应该是一座洪炉，要"陶冶万物"，使外界的种种事物都能为我所用。"灵丹一粒"是比喻诗人的主观思想和精神修养。诗人有了这个统摄万物的根本，才能把自然存在的素材包括古人的陈言陶冶点化，犹如点铁成金，变为诗歌。至于"夺胎换骨"论，仅见于宋人惠洪《冷斋夜话》卷一的引述，在黄庭坚现存的诗文中没有发现明确提过这个意思的言论，故其可靠性颇值得怀疑，宜先存疑（张鸣选注《宋诗选》）。

现存黄庭坚诗歌约1960首，按题材内容可分为三个部分：第一部分鲜明地反映了当时的民族斗争和政治斗争，讥讽北宋朝廷妥协的对外政策，谴责大臣好大喜功、轻起边衅并给人民带来战祸，描写民生疾苦并揭示农民的贫困根源是政府的急征暴敛，这些作品有比较积极的思想意义。第二部分包括宣扬儒家教义及谈禅说玄的诗、挽诗、与亲友馈赠物品的代柬诗等，内容比较苍白，思想意义不大。黄诗的主要内容是第三类，即思亲怀友，感时抒怀，对自身生活经历及生活情趣的吟咏等。这些诗多清高傲岸之气，是封建社会中一个正直的知识分子的心声，是一个敏感诗人生活感受的形象表现，其中洋溢着亲切的人情味和浓郁的生活气息。例如咏兄弟之情的《和答元明黔南赠别》，歌颂友谊的《病起荆江亭即事十首》之八，写生活感受的《过家》、《上冢》，以及题画诗《老杜浣花溪图引》，咏史诗《书摩崖碑后》等，都是情文并茂的好诗。黄诗的这一类诗继承和发展了苏诗人文意象多、"书卷气"浓的艺术特色，诗中的人文意象比苏诗更密集，文化意蕴也更深厚。这个特点首先体现在黄庭坚爱咏书画、亭台楼阁及笔、墨、纸、砚、香、扇、杖等物，这些对象本身即是文化产品或与文化活动有关之物，它们构成了丰富的人文意象。其次也体现在其他题材中，例如黄诗爱咏茶，他把茶置于高雅的文化环境中，又与文士的文化活动及高洁志趣相关联，从而使它蕴含着深厚的文化意味，《双井茶送子瞻》一诗即是典型的例子。黄诗丰富的人文意象和深厚的文化意蕴，是对中国诗歌的一大贡献。

　　黄庭坚胸怀旷达，学识渊博，功力深厚，创作态度严谨，一生的创作都在努力求新求变，这使他的诗具有生新瘦硬的独特艺术个性。在构思与结构方面，他的诗无论长篇还是短制，都立意深曲，包含着多层次的意蕴，决不平铺直叙，而是回环曲折，极尽吞吐腾挪之妙，又章法细密，线索深藏，起结无端，出人意料，在诗歌的层次之间留下想象余地。在意象创构方面，他同苏轼一样，善于用新颖奇警的比喻，造成十分新奇的意象，例如"文章功用不经世，何异丝窠缀露珠"，"曲几团蒲听煮汤，煎成车声绕羊肠"，"万竿苦竹旌旗卷，一部鸣蛙鼓吹秋"，可谓道前人所未道。他也善于用平常的字眼组成新颖的复合意象，例如"桃李春风一杯酒，江湖夜雨十年灯"（《寄黄几复》），全用名词意象作奇妙的组合，使昔日与友人的短暂欢聚与别后长期分离漂泊的凄凉形成了强烈的对照。诗人还擅长侧笔烘托、遗貌取神的手法，例如"凌波仙子生尘袜，水上轻盈步微月"，以洛神衬托水仙花之幽艳神态，又如"程婴杵臼立孤难，伯夷叔齐采薇瘦"，以古代志士仁人来状写竹之高风亮节，亦颇传神。在锤炼字句和声律方面，他力求句法与句中音节新奇，如"公如大国楚，吞五湖三江"，"心犹未死杯中物，春不能朱镜里颜"，"管城子无食肉相，孔方兄有绝交书"等，音节打破常规，句中自有跌宕，矫健奇峭，别有风味。他大力发扬杜甫的拗体七律，使音律拗峭挺拔，例如《题落星寺》："落星开士深结屋，龙阁老翁来赋诗。小雨藏山客坐久，长江接天帆到迟。燕寝清香与世隔，画图妙绝无人知。蜂房各自开户牖，处处煮茶藤一枝。"此诗平仄无一句完全合律，但拗中仍有见律处，全篇声调拗峭奇崛，很好地衬托了落星寺远离人世、幽僻清绝的境界，堪称声情并茂。总之，同"陈熟"相对的"生新"，是黄诗的艺术生命和整体风貌，而老健刚劲之"硬"与筋骨嶙峋之"瘦"，是黄诗的一种突出的风格特征。但黄诗风格并非一成不变,他晚年的诗逐渐向清新自然和平淡质朴转变。如《雨中登岳阳楼望君山》:"投荒万死鬓毛斑,生出瞿塘滟滪关。未到江南先一笑,岳阳楼上对君山。"当然,黄庭坚也有过分追求新奇、说教、用典生僻等缺点,但他在苏轼之后继续求新求变,努力从心灵深处发掘出独特的体验,使新的题材写出深度,旧的题材翻出新意;在艺术上精益求精,对诗体特别是律诗进行了多方面的改造和探索,创造了富于文化意味和个性特征的"山谷体"(庭坚号山谷道人),使宋诗的特征更完满也更突出,在中国诗史上留下了灿烂的一页。

江西诗派是北宋后期文网严密、党争激烈的政治环境的产物。神宗元丰二年(1079年),由于苏轼在一些诗文中对王安石推行的新法及因新法而显赫的"新进"作了讥刺,被谏官李定、舒亶、何正臣弹劾而入狱,和苏轼有诗文往来的大小官员有二十多人受到株连,这就是当时震惊朝野的"乌台诗案",标志着当时文化专制的严酷。这次文字狱使许多文人心有余悸,被迫改变了人生态度和创作原则。黄庭坚变化最大。他早年作品关注民生疾苦,敢于批评议论政治得失。可是到了晚年,他却说:"诗者,人之情性也,非强谏争于庭,怨忿诟于道,怒邻骂座之为也。"(《书王知载朐山杂咏后》)在文化专制的高压气氛中,黄庭坚这种不愿同现实政治发生关联的创作主张,自然很容易为诗人们所接受。因此,江西诗派诗人们虽然宗法杜甫,但主要不是学习杜甫关心现实忧国忧民的思想感情,而是强调学习杜甫那种自我内省的创作精神、伟大的人格力量、深厚的文艺修养以及变化百出的艺术形式。他们在诗歌中抒写人生，表现自我，把粪土功名，鄙弃庸俗，追求淡泊作为最常见的主题，醉心于日常生活的诗意发现、亲属师友的交往情谊、个人道德的自我完善以及对江湖山林的向往歌吟。与其诗的内容相适应，他们在艺术上反对浮华轻薄，崇尚老成朴拙或清淡瘦健的风格，力主出奇翻新，趋生避俗。吕本中还进一步对前一时期诗歌创作的原则与观念进行反思、总结，提出了"活法"和"悟入"之说。所谓"活法"，就是"规矩备具，而能出于规矩之外；变化不测，而亦不背于规矩也。是道也。盖有定法而无定法，无定法而有定法。知是者，则可与语活法矣。"(《夏均父集序》)这里把规矩和自由、有法和无法作了辩证的解释，找到了融会苏轼和黄庭坚两家创作精神于一体的原则，而且他又进一步以"流转圆美如弹丸"作为活法的标准；又指出做诗要"悟入"，"悟入必自功夫中来"，观点较为全面、正确，因此为当时以及南宋许多诗人接受，产生了很大的影响。众多诗人如陈师道、曾几、吕本中、韩驹、徐俯、江端友、洪炎等人都自觉地集合在江西诗派的旗帜下努力创作，为宋诗的繁荣发展作出各自的贡献，并在一定程度上为宋诗第二个高峰的到来做好了准备。

当然，江西诗派偏重形式技巧而相对忽视诗歌的现实内容和社会作用，对宋诗的发展也产生了不良的影响。南宋大诗人陆游、杨万里等人就是在生活和创作实践中逐渐认识到江西诗派的局限性而走上紧密联系社会现实的道路，才取得更卓越的成就的。

应当指出，在黄庭坚的"山谷体"和江西诗派风行之时，北宋后期诗坛上还有画家李公麟、书画家米芾、爱国名将宗泽、诗人崔鶠、唐庚、苏过、汪藻、王庭珪等人，按照自己的创作个性和风格写诗，他们的诗歌无论在思想内容还是艺术表现，均与江西诗派的作风不同，也取得了创作的实绩。

4 杨万里的写景诗和范成大的田园诗

宋钦宗靖康二年（1127年）四月，北宋王朝被女真贵族建立的金朝灭亡。五月，赵构即位，建立了南宋王朝。

南宋诗的发展，可以宁宗嘉定三年（1210年）大诗人陆游去世为界，分为前后两个时期。南宋前期，以南渡诗人陈与义及其后的尤（袤）、杨（万里）、范（成大）、陆（游）"四大家"为代表，宋诗创作继北宋后期之后，出现了第二个繁荣发展的局面。

南宋前期的诗人，大多出于江西诗派。但时代的剧变，民族的危险形势，使他们逐渐抛开江西诗派流连光景、追求技巧的创作道路，去抒写以抗战爱国为基调的诗篇，吹响了时代的号角。

南宋之初，一大批南渡诗人，首先用他们的诗歌反映国破家亡、多灾多难的生活，反映贯串于整个南宋时期的奋发图强与苟且偷安的斗争，表达了人民要求恢复中原的心声。一些正直、爱国的将相和士大夫如李纲、赵鼎、胡铨和民族英雄岳飞等，虽不以文学为业，也创作了不少慷慨悲壮的爱国诗歌。以抒写爱情的婉约词见称的女词人李清照（1084～约1151年），也写了《上枢密韩公、工部尚书胡公》、《浯溪中兴颂诗和张文潜》两首长诗表达她对朝廷命运的忧虑和思考。她的《夏日绝句》："生当做人杰，死亦为鬼雄。至今思项羽，不肯过江东"，颂扬不肯南渡的项羽生为人杰、死为鬼雄的豪壮气概，辛辣讽刺南宋君臣怯懦苟安，写得大义凛然，声情激越。论诗主张"活法"的江西派诗人吕本中（1084～1145年）和陆游的老师曾几（1084～1166年），也写了许多把身世之感与家国之痛交织起来的诗篇。在这批诗人中，成就最大的是陈与义（1090～1138年）。宋室南渡以后，他到处漂流，体验了离乱艰苦的生活，注意学习杜甫诗的现实主义精神，写了不少"感时抚事，慷慨激越，寄托遥深"的爱国诗篇。《伤春》云："庙堂无计可平戎，坐使甘泉照夕烽。初怪上都闻战马，岂知穷海看飞龙！孤臣霜发三千丈，每岁烟花一万重。稍喜长沙向延阁，疲兵敢犯犬羊锋。"诗中揭露朝廷的腐败无能，赞扬了当时长沙太守向子諲英勇抗敌的精神，表达了诗人忧国的感情，是陈与义七律的代表作，从内容情调、声律句法和风格都很像杜甫的《秋兴八首》、《登楼》、《登高》诸诗。他还写了大量怀想故乡的作品，如《牡丹》："一自胡尘入汉关，十年伊洛路漫漫。青墩溪畔龙钟客，独立东风看牡丹。"诗人从南国的牡丹一下子

四　继续开拓创新的宋诗

联想到盛产牡丹的家乡洛阳，抒发出对中原沦陷的悲慨，诗境苍凉沉郁。由此可见，陈与义真正从杜诗中吸取了精髓，取得了丰硕的创作成果，成为北宋、南宋之交最重要的诗人。

稍晚，由高宗绍兴三十二年（1162 年）至宁宗嘉定三年（1210 年），近50年，宋诗创作随着时代的巨变而达到了新的高峰，被称为宋诗的中兴期。出现了"中兴四大诗人"尤袤、杨万里、范成大、陆游。尤袤（1127～1194 年），一生出处大节，由循吏而诤臣，忠言谠论，载在口碑。他读书多，学问渊博。其诗驰名当时，但诗集焚于兵火，未能流传下来。从现存作品看，艺术水准似不及陆、杨、范。他的《淮民谣》揭露当时一批官吏豪强借建水寨抗金为名，行夺民肥私之实，抒发出对百姓颠沛流离、饥寒交迫境遇的深厚同情，从内容和表达形式上明显受杜甫"三吏"、"三别"及白居易新乐府诗的影响。杨万里《诚斋诗话》曾标举他《寄友人》诗的断句："胸中蘖积千般事，到得相逢一语无。"表现人生的一种情景，语淡意浓，可窥尤袤的平淡自然风格。

杨万里（1127～1206 年），字廷秀，自号诚斋。他一共写了2万多首诗，是我国文学史上写诗最多的作家之一，现存4200多首。他有关心国事和对时局忧愤的作品，代表作《初入淮河四绝句》是他奉命迎接金国使臣时写的。其中第一首写道："船离洪泽岸头沙，人到淮河意不佳。何必桑乾方是远，中流以北即天涯"，抒发了他对国土沦陷的哀痛。还有一部分诗歌表现对劳苦百姓的同情和关切。但杨万里成就最突出的是描写自然景物和个人生活情趣的诗。他善于从日常生活的平凡景物中捕捉住新鲜的形象，用清新灵活的笔调、浅近通俗的语言表现出来。这些诗构思新颖，感受别致，想象丰富，充满生活气息，富有一种机智、幽默、诙谐的情趣，被称为"诚斋体"。钱锺书先生在《谈艺录》中指出："诚斋则如摄影之快镜：兔起鹘落，鸢飞鱼跃，稍纵即逝而及其未逝，转瞬即改而当其未改，眼明手捷，踪矢蹑风，此诚斋之所独也"，精辟地论述了杨万里写景的特点。例如："泉眼无声惜细流，树荫照水爱晴柔。小荷才露尖尖角，早有蜻蜓立上头"（《小池》）；"霁天欲晓未明间，满目奇观总可观。却有一峰忽然长，方知不动是真山"（《晓行望云山》）；"莫言下岭便无难，赚得行人错喜欢。正入万山圈子里，一山放出一山拦"（《过松源晨炊漆公店》）。杨万里也有不少草率、浮浅、媚俗的作品，但瑕不掩瑜。杨万里以其师法自然、感受真切、活泼灵动、充满奇趣的"诚斋体"诗歌，为当时和以后的诗人们树立了用"活法"做诗而取得突出成就的典范。

范成大（1126~1193年）也是一位有爱国思想的诗人。孝宗乾道六年（1170年），他奉命使金，在金国君臣面前大义凛然，抗争不屈，词气慷慨，全节而归，为朝野称道。他这一次使金途中所作的72首七绝，比较集中地抒发了爱国之情。如《州桥》："州桥南北是天街，父老年年等驾回。忍泪失声询使者：几时真有六军来？"抒写沦陷区遗民盼望收复中原的心情,沉痛悲愤,催人泪下。他的《催租行》、《后催租行》等诗,揭露封建租税剥削的残酷,字里行间渗透了农民的血泪。他是南宋杰出的田园诗人。晚年归隐石湖,写了《四时田园杂兴》绝句60首和《腊月村田乐府》10首为代表的田园诗。这些诗描绘了江南农村生活的各个方面,展现了农村的风土人情,反映了农民劳动的艰辛和阶级剥削与压迫的情景。如"昼出耘田夜绩麻,村庄儿女各当家。童孙未解供耕织,也傍桑阴学种瓜";"采菱辛苦废犁锄,血指流丹鬼质枯。无力买田聊种水,近来湖面亦收租"。范成大给传统的田园诗以更丰富、深刻的思想内容,赋予它新的生命,正如钱锺书所说:"使脱离现实的田园诗有了泥土和血汗的气息。"(《宋诗选注》)他是田园诗的集大成者,为田园诗的创作树立了新的里程碑。

陆游的爱国诗和朱熹的哲理诗

陆游(1125～1210年),字务观,号放翁,越州山阴(今浙江省绍兴市)人。现存诗9100多首,题材极广泛,几乎涉及了南宋前期社会生活的各个方面,而以反映民族矛盾的爱国主义精神为其诗歌思想内容的核心。这些爱国诗篇对妥协投降派的罪恶作了无情的揭露和谴责,表达了人民群众渴望恢复故土、统一祖国的愿望,也抒发出诗人杀敌报国的英雄气概和壮志未酬的悲愤。在国难当头之时,诗人始终把自己当做一名以身许国的战士,这是他高于当时许多爱国诗人之处。其艺术表现角度和体裁多样,感情悲壮慷慨,风格雄放而沉郁,常常通过奇丽的梦境和幻想来表达爱国情思,因而既有现实主义精神,也富于浪漫主义色彩。例如七言歌行《金错刀行》以托物咏志手法咏叹宝刀,借以抒发抗战理想和为国立功的壮志。《关山月》以关、山、月为背景,描绘了后方、前线、沦陷区不同人物的不同生活画面,指斥统治者苟且偷安、纵情享乐而不惜投降卖国的可耻行径,表现前线战士欲战不能的悲愤心情,抒发了沦陷区人民对敌人的仇恨和对恢复中原的渴望。构思巧妙,内容丰富,感情强烈,声调苍凉,通篇笼罩着一层清冷的月光。七律《书愤》写道:"早岁哪知世事艰,中原北望气如山。楼船夜雪瓜洲渡,铁马秋风大散关。塞上长城空自许,镜中衰鬓已先斑。出师一表真名世,千载谁堪伯仲间。"诗人抒发壮志难酬的悲愤情绪,用笔纵横开阖、起伏跌宕,结构严谨,气韵沉雄,词采宏丽,对仗工整自然,是陆游七律的代表作之一。晚年闲居山阴时,诗人仍念念不忘恢复之志。《秋夜将晓出篱门迎凉有感》以"三万里河东入海,五千仞岳上摩天"之句,歌颂祖国河山的雄伟壮丽、巍然不可侵犯,表达出了强烈的爱国激情。《十一月四日风雨大作》写道:"僵卧孤村不自哀,尚思为国戍轮台。夜阑卧听风吹雨,铁马冰河入梦来。"诗人在深夜里卧听风吹寒雨,渐入梦乡。在梦里,急风骤雨声幻化成铁马奔腾、大军踏过冰河追敌的声音。这雄奇壮丽的梦境,展现了诗人至老不衰、杀敌报国的壮心。诗人临终时,还写了著名的《示儿》诗："死去元知万事空，但悲不见九州同。王师北定中原日，家祭无忘告乃翁。"这首蘸着血泪写成的绝笔诗，集中地表现了陆游伟大的爱国主义精神，700多年来一直激励着无数的爱国志士。

在陆游诗中，忧国与忧民这两种思想感情是自然地交织在一起的。他有不少深刻揭露封建统治阶级对劳动人民残酷压迫与剥削，真实地反映农民的悲惨生活与思想感情的作品。诗人还写了很多表现农村风光、农民辛勤耕作及其生活习俗的作品，还有读史、纪行、酬答等诗篇，题材极其广泛。如《游山西村》："莫笑农家腊酒浑，丰年留客足鸡豚。山重水复疑无路，柳暗花明又一村。箫鼓追随春社近，衣冠简朴古风存。从今若许闲乘月，拄杖无时夜叩门。"诗中描写了他和农民的友谊、农村欢乐的节日景象以及淳朴的风俗。全诗感情真挚，描写生动，对仗工致，语言清畅，特别是三四句描绘浙东农村景色，意境明媚秀丽、幽深曲折，又富于哲理，历来传诵。陆游诗集中还有几首写他同前妻唐琬爱情悲剧的诗，缠绵悱恻，感人肺腑，在宋诗中是不多见的。

陆游的诗既继承了杜甫的写实传统，又吸取了李白的浪漫精神和表现手法，并有自己的特色，形成以雄浑奔放、明朗流畅为主的多种艺术风格。富于浪漫色彩的诗篇多作于早、中期，晚年的诗歌基本上是写实的。这些描写乡村或京城的诗歌，善于即景生情地发掘出新鲜的诗意，熨帖出当前景物的曲折情状，咀嚼出日常生活中的深永滋味，尤善于组织情景交融、工整精切的对偶句。例如《临安春雨初霁》中的"小楼一夜听春雨，深巷明朝卖杏花"一联，描写江南都市之春。14个字中包含着多重诗境，又寄托着诗人惜花伤春和感叹有志难酬的思想感情。对仗工整，一气贯下，清丽疏朗，余韵不绝，给人以丰富的美感。陆游诗歌语言圆熟流转，精炼自然，无论写什么题材，表达什么感情，都能驾轻就熟，游刃有余。其古体诗豪迈奔放，律诗精工圆美，绝句情韵深隽，尤以七律写得又多又好。当然，他的诗也有词句重复、句法和构思雷同、议论说理过于浅露的情况，但这不过是白璧微瑕。陆游在宋代诗坛上是可与苏轼相媲美的大诗人，他的爱国诗歌同辛弃疾的爱国词，代表了宋代爱国诗词的最高成就。

在这一时期，还有理学大师朱熹（1130～1200年）和张栻（1133～1180年）的诗。宋代理学家重道轻文，甚至认为作文害道。他们一般不喜做诗，即使有做，也多说教，味同嚼蜡，但朱、张二人却是理学家中的著名诗人。朱熹的诗歌流传下来1200多首，其中有不少佳作。他主张做诗要取法《诗经》、《离骚》，要从陶渊明、柳宗元的门径中来，要有萧散冲淡之趣。他善于描写自然山水景物。例如他退居武夷山讲学时写的《棹歌十首》，把武夷山水胜景描绘得澄净清明，优美如画，诗中还不时有谐趣横生。他更善于通过景物的描写寄寓学理悟道的情怀，或暗喻治学的心得。《观书有感二首》云："半亩方塘一鉴开，天光云影共徘徊。问渠那得清如许？为有源头活水来"；"昨夜江边春水生,蒙冲巨舰一毛轻。向来枉费推移力,此日中流自在行"。前首喻写人们须不断地吸收新鲜的事物,才能避免思想的停滞和僵化;后首暗示只有充分积累知识学问,才会达到自由自在的境界。更妙的是《春日》和《水口行舟》。《春日》中云:"胜日寻芳泗水滨,无边光景一时新。等闲识得东风面,万紫千红总是春。"诗中"泗水"暗指孔门,"寻芳"即求圣人之道。诗人启迪人们:仁是性之体,仁的外观就是生意,所以万物的生意最可观,触处皆有生意,正如万紫千红,触处皆春。《水口行舟》写道:"昨夜扁舟雨一蓑,满江风浪夜如何?今朝试把孤篷看,依旧青山绿树多。"诗人告诉人们:风浪虽大,终会平息,青山不老,绿树常青,对于人生、前途应该充满乐观开朗精神。这两首诗都描绘出大自然中生机蓬勃的景象,画面鲜明,饱含情韵,使人如临其境,而哲理深邃,藏而不露,细加品味方能领悟。这是哲理诗的上乘境界。张栻的诗不如朱熹多,也不如朱熹好,但同样对生机盎然的景象敏感,也善于创造冲淡深幽的意境,其《城南杂咏·东渚》便是如此:"团团凌风桂,宛在水之东。月色穿林影,却在碧波中。"前人评此诗闲淡简远,有唐人王维五绝组诗《辋川集》的诗情画意。

另有萧德藻(生卒年不详),也是这个时期的一位著名诗人。杨万里把他与尤袤、陆游、范成大并称为"尤萧范陆四诗翁"。他的诗风奇峭古硬,思致精苦。《古梅二首》(其一)云:"湘妃危立冻蛟脊,海月冷挂珊瑚枝。丑怪惊人能妩媚,断魂只有晓寒知",最能体现此种风格。但他也有清新小巧、模仿南朝乐府民歌风格的诗,如《采莲曲》:"清晓去采莲,莲花带露鲜。溪长须急桨,不是趁前船。"写男女的爱情追求,含而不露,意在言外。

总的来看,宋诗第二个高峰的成就稍逊于前。但这个时期的诗人普遍、强烈、反复、持久地表现爱国主题,唱出了时代的主旋律。这个时期的诗歌出现了多元化的格局,题材、风格更加丰富多样。陆游的农村诗、范成大的田园诗、杨万里的山水诗、朱熹的哲理诗成就都很突出。这个时期诗歌的语言趋向于通俗平易、明白如话,能更充分地表情达意、议论说理。由欧阳修、苏轼等人开创的宋诗畅达明白的语言风格,已成为宋代诗人们普遍接受的共同艺术追求。

6 宋诗的最后光芒

自嘉定三年(1210年)陆游去世,到祥兴二年(1279年)南宋灭亡,近70年的时间,为南宋诗坛的后期。这个时期的一大批诗人,眼见山河破碎,思想消沉,用写诗来消磨岁月。在艺术上,他们想在江西派乃至宋诗传统之外,寻求适合于表现他们思想感情和艺术趣味的诗歌风格,这样,先后形成了两个诗人群:一是"永嘉四灵",一是江湖诗人。在某种意义上,也可以说是两个诗派。

"永嘉四灵",是指徐照、徐玑、翁卷和赵师秀四人,他们都是永嘉郡(今浙江省温州市)人,字号中又都有一个"灵"字,故此得名。他们不满江西诗派资书以为诗的作风,标榜学习晚唐,专门模仿贾岛、姚合,强调苦吟,主张白描,反对用典故、成语入诗。他们偏爱五律,其次是七绝,主要抒写个人情怀和山水景物,作品内容贫乏,题材狭窄,格局小巧,但也有少数反映时事之作。他们描写山水田园的篇章颇多清新自然之作。例如翁卷的《乡村四月》:"绿遍山原白满川,子规声里雨如烟;乡村四月闲人少,才了蚕桑又插田。"又如徐玑的《新凉》:"水满田畴稻叶齐,日光穿树晓烟低;黄莺也爱新凉好,飞过青山影里啼。"其实"永嘉四灵"在创作中并不真的捐弃书本,一空依傍,还是偷偷地袭用或化用前人的构思、句法和成语。例如赵师秀的《约客》:"黄梅时节家家雨,青草池塘处处蛙;有约不来过夜半,闲敲棋子落灯花。"历来公认是"永嘉四灵"诗中最清新干净的作品,其实一、二、四句的句法与意境化用了谢灵运、岑参乃至他们最反对的江西派黄庭坚和吕本中的诗句。作为一个诗歌流派,"永嘉四灵"明确打出学习晚唐诗以矫江西派之失的旗号,顺应了诗坛风气。由重视才学向相对空灵转变的趋势,在当时诗坛产生了一定影响,导致了诗风的转变。但由于四灵的诗歌格局境界过于狭小,故而很快就被江湖诗派所代替。

　　江湖诗派由一批功名不就、政治地位不高的诗人组成。这些诗人处乱世而浪迹江湖,气味相投,做诗唱和。当时钱塘诗人兼书商陈起将他们的诗作收集起来刊名于世,曰《江湖集》,后来人们便称入集的诗人为江湖派。江湖派诗人众多,流品复杂,他们的思想作风、创作主张、艺术风格与成就都不一样:有对现实淡漠的,也有比较关注国事民瘼的;有清高之士,也有干谒之徒;有反对江西派的,也有受江西派影响较深的;有学"永嘉四灵"的,也有以杨万里、陆游为师的;有崇尚贾岛、姚合的,也有向晚唐其他诗人学习的。严格地说,江湖派还算不上真正意义上的诗歌流派。不过他们也有一些共同特点,比如大部分人没有摆脱模拟之风,境界不高,格局狭小,语言粗疏浅直。其中一部分较出色的诗人的主要成就,在古体和七言绝句。古体乐府或雄放劲切,或质实古朴;绝句却细致精巧,长于炼意。姜夔(约1155~1209年)、戴复古(1167~?年)、高翥(生卒年不详)、刘克庄(1187~1269年)、方岳(1199~1262年)、叶绍翁(生卒年不详)等人的集子中多有感慨时事、表现爱国思想感情和同情民生疾苦的作品,也有描绘景物、抒写闲情的佳作。如姜夔的《除夜自石湖归苕溪》(其一):"细草穿沙雪未销,吴宫烟冷水迢迢;梅花竹里无人见,一夜吹香过石桥。"写早春景象,生动细致,融情于景,妙思奇声,意境清远,达到他所追求的"小诗精深,短章蕴藉"的境界。又如叶绍翁《游园不值》:"应怜屐齿印苍苔,小扣柴扉久不开;春色满园关不住,一枝红杏出墙来。"构思巧妙,写游园不值的心态曲折传神;后两句自然而新警,既有诗情画意,又蕴含哲理,成了脍炙人口的名句。从总体上看,江湖派诗人的成就高于"永嘉四灵"派。

南宋末年亡国的严酷现实，使诗坛从低吟沉寂中惊醒。众多的爱国志士、遗民诗人唱出了一曲曲悲壮激越的爱国之歌，使渐趋衰落的宋诗焕发出新的生命活力。文天祥（1236～1283年）代表了这一时期诗歌创作的倾向和成就。元军渡江，他起兵抵抗，后任右丞相兼枢密使。出使元营，被扣不降，逃脱南归。后又转战东南，兵败被俘，囚于大都（北京）近4年，宁死不屈，慷慨就义。他的诗以元人攻陷临安为界，前后大不相同。前期受江湖派影响，多为应酬题咏之作，艺术上也显得平庸；后期置身于抗敌救国的斗争漩涡之中，"志益愤而气益壮，诗不琢而日工"。他后期的诗主要学杜甫，抒发强烈的爱国感情，激越慷慨，悲壮感人。例如《过零丁洋》："辛苦遭逢起一经，干戈寥落四周星；山河破碎风飘絮，身世浮沉雨打萍；惶恐滩头说惶恐，零丁洋里叹零丁；人生自古谁无死，留取丹心照汗青。"诗中将个人的经历与国家的命运紧紧联系在一起。尤其是末两句，表现诗人视死如归的决心，放射出爱国主义的思想光辉。真所谓诗人烈士，合为一体，这是没有他这样经历的其他爱国诗人，包括陆游在内，所不能代替的。他的五言古体长篇《正气歌》，是在大都（今北京）的监牢里写的。诗人热情地歌颂了浩然正气给人的巨大精神力量，表明自己要向历史上为正义而斗争的忠烈们学习，永远保持和发扬民族的正气，去战胜各种困难，迎接各种考验。这首诗感情强烈，笔墨淋漓，直叙而下，一如磅礴的正气运行，读来令人肃然起敬。

其他爱国诗人,有汪元量、郑思肖、林景熙、谢翱、谢枋得、刘辰翁、萧立之、周密等。这些人因为亲身经历过亡国之痛,他们的诗歌常把纪实性与抒情性结合起来,事件真实,感情深沉,语言朴素自然,有着震撼人心的力量。爱国诗人文天祥和其他爱国诗人的作品对宋诗中的爱国主义传统作了一个总结,为宋诗画上了一个光辉的句号。

综观宋代的诗歌创作,其繁荣并不亚于唐代。从诗人和作品数量上看,据《宋诗纪事》所载,作家有3800多人。《宋诗纪事补遗》又增补了3000余人。除去重出者外,两书所收作家之多,远远超过了唐代。存诗总数估计在15万~20万首以上,为唐诗总数的3~4倍之多。就作家个人创作而言,陆游一生写诗近万首,苏轼、杨万里今存诗4000余首,这种情况在唐代诗人中是没有的。从诗歌的内容来看,第一,宋诗在表现政治斗争方面比唐诗以至历代诗歌都显得深入。这种深入主要表现在及时性、针对性与直接性三方面都大大加强了。第二,鉴于宋代的特殊国情,宋诗在表现爱国斗争、抒发爱国思想方面比唐诗更为丰富充实。第三,随着阶级矛盾的不断加深,宋诗在反映民生疾苦方面也比唐诗有发展。其主要表现是反映的社会面更加广阔,反映的社会现象也更加深刻、细致。第四,宋诗进一步扩大了诗歌的表现功能,广泛地描写其他社会生活,特别是经济生活、科技发展、文化生活、民风民俗等。第五,宋诗在唐诗的基础上更深入地品味人生,更广泛地品味艺术,宋诗的文化意象更丰富,文化意蕴也更深厚。以上五个方面，都是宋诗在内容上的开拓。当然，宋诗也有不足，如缺少情真意切的爱情诗，热情豪迈的功业诗、理想诗，特别是情调昂扬、意境奇丽的边塞诗，却有大量无聊的应酬诗、次韵诗充斥泛滥，甚至把虱、蛆、毛毛虫，以及拉肚子、打喷嚏都写入诗中，令人生厌。在艺术上，与唐诗相比，宋诗的主要优点是：善于对唐诗加以变化而自成一代之风；能以气骨、思理、立意取胜；在用事、句法、炼字、对仗、用韵、声调等方面的艺术技巧更为精细入微。其主要缺点是：病于意兴，乏于情韵；太尚理致，过喜议论；太逞辩博，太重才学，从而显得直露、枯瘦、板滞，不够丰腴鲜活，缺少蕴藉空灵。应当指出，唐宋诗，是两个不同时代的产物，代表着两个不同时代的社会生活、时代风尚和审美情趣，因而不能以唐衡宋，区分优劣；从整体论，唐宋诗各呈风貌，各有短长，不宜过分轩轾。

　　从文化背景、文化精神的角度来看宋诗，有几点是值得注意的。首先，宋代新儒学——程朱理学的兴起及其在社会思想界的巨大影响，老庄思想和道家思想的继续流行，佛教思想特别是禅宗深受宋代文人的欢迎乃至出现士大夫禅化、禅学士大夫化的趋向，显示出儒、释、道三教在宋代更加广泛深入人心，并进一步合流。这就使宋代士大夫文人的精神面貌和人生态度发生深刻的变化。他们能对人生采取更超脱、更达观、更冷静的态度，能把世态的炎凉冷暖、人生的荣辱浮沉都看得很透、很淡。特别是在官场失意时，多能以乐观、爽朗、超脱、旷达的态度对待之。通过儒、释、道的结合，宋人把"穷则独善其身"的传统思想上升为一种具有新含义的心性修养和理性追求，并渐渐积淀成一代风气。正是这些表现在思想（包括精神）领域内的"世风"和"士风"，给予宋诗以深刻的影响。理学和禅学都从不同角度对诗歌予以渗透。理学家们共同的倾向是重道轻文，乃至认为"作文害道"而重道弃文。在他们看来，文，特别是诗，不过是"闲言语"，为文做诗则是"玩物丧志"。他们把封建统治秩序、封建伦理道德视为永恒的"天理"，而将与此相悖的一切（包括人们的正当要求、合法权利等）均视作应当灭除的"人欲"。理学家的观念，对于强调诗歌要有社会内容、反对华而不实的形式主义倾向有一定的积极意义，但他们既然认为人的七情六欲都是邪恶的，因而竭力扼制人的真情实感，从而也就抽去了诗歌的根本生命。宋代之所以缺少爱情诗，宋诗之所以显得缺乏深切的真情，在很大程度上即源于此。但禅宗又从另一方面悄悄地给诗输入新的生命。禅宗讲究顿悟，认为万物皆具佛理，只要通过一念之悟就能顿见佛性。禅宗还讲究直证、心证而不立文字，这一切都是强调心灵的感应。这和诗歌特别注重灵感的捕捉，注重从广泛的题材上发现别材别趣，注重形象的表达和含蓄的美学效果都有相通之处。禅与诗在宋代结下了不解之缘，表现在诗歌批评上，大量以禅论诗的诗话出现；表现在诗歌创作上，即是禅意与诗意有了更紧密、更自然的结合。宋人写诗套用禅语的风气固然给诗歌带来了灾难,但巧妙地借助禅趣也使诗歌增加了思想艺术魅力。理学与禅学的流行又明显加重了宋诗的议论之风。有的议论是失败的,充满了头巾气、僧道气,变成了宣扬理学与禅学的押韵的语录、讲义;有些议论却是成功的、精彩的,极富理趣、禅趣。理学精致缜密的思辨力和禅宗善于借助形象示法的特点,对于宋代诗人运思深透、表现精微事理无疑给予了很多启示。宋人超脱的人生态度,又使很多宋诗作品呈现出独特的旷达和爽朗的情调。

宋代文化学术高度发展繁荣,宋代艺术注重神韵之美,宋人的审美情趣更趋向于高雅,对宋诗也给予了影响。文化教育的普及使宋诗更普及也更平易,语言畅达自然。学术空气的浓厚和学术水平的提高,也使作家的文化素质和知识结构向高层次、多元化发展,诗人常兼思想家、学问家和艺术家,反映到创作中就势必造成"以学问为诗"的倾向,故而宋诗的知识性、学术性、书卷气很浓厚。其佳者,能耐人咀嚼,给人美的享受又益人灵智;其劣者不免流于掉书袋。而诗人兼书法绘画音乐等艺术家,自然注重文学和艺术间的相互借鉴,既使宋诗多论诗品艺、评书赏画之作,更能把艺术趣味与技法融化于诗中,提高诗的艺术品位。例如,宋代文人水墨写意画发达,使宋代山水诗多追求一种设色浅淡、意境朦胧的水墨写意画韵味。最后,宋代文人私交密切,重视师友传承关系,也丰富了宋代诗歌的流派,使风格更趋多样化,并出现了一些集大成的作家，如欧阳修、苏轼、陆游、范成大等。

　　总之，文化的繁荣使宋代诗人能在更深广、更开放的大文化背景下进行创作，使他们的文化视野和广收博采的文化气魄显著增强了。

五　通向近代与现代诗歌的桥梁

元明清诗,处于"唐音宋调"这两座极盛与再盛的高峰之后,仍然在缓慢地发展,呈现出相当繁盛的局面。而其中的创新和变异,在中国诗歌发展史上尤具重要的意义,它是从唐宋诗歌发展到近代与现代新诗歌的必不可少的桥梁。

1　重感情尊自我的元诗

纵观辽金元近 200 年诗歌创作总的倾向,辽、金诗主要是宗宋,学苏、黄。金代出现了杰出的诗人元好问（1190～1257 年）,他在金、元易代之际写出了感受真切、感情深刻、感染力极强、具有史诗价值的丧乱诗,也写出了构思奇特、气势开阔、意境壮丽的山水诗,以其高亢清雄的气度,把金代诗歌推向一个很高的层次。但是,从总体上说,辽金诗实际上可以说仍是宋诗的一翼。而元代诗人却不满意宋代诗人重理智轻感情的创作倾向,强调向唐诗学习。在金元之交,元好问已提出了"真"和"诚"是诗歌创作之本,特别强调自然纯真。在他之后,元代大诗人杨维桢更高张"写真情"的大纛,一再提出:"诗者,人之情性也。人各有情性,则人各有诗也。""诗本情性,有性皆有情,有情皆好诗。"元代诗人力求把在宋诗中被压抑甚或丧失了的自我寻找回来,把诗歌从重理智轻感情的道路上拉回来,在创作实践上作出了不可低估的成绩。

元代后期,杰出的诗人萨都剌(约 1300～? 年)和杨维桢(1296～1370 年)在诗歌中重视抒发人的七情六欲,尊重自我,肯定个人有寻求幸福和享乐的权利。他们的作品冲破了"儒雅"的框子,描绘与讴歌感官的享乐和以此为实际内容的浪漫生活,作品的基调往往是乐而淫、哀而伤,强烈的感情多伴以炽热、艳丽的色彩,而以丰富、瑰奇的想象来增强感情的激荡。这种丰富、瑰奇的想象和哀艳的风格显然是学习唐代诗人李贺的结果,但把李贺诗中的凄冷色调换成了暖热的色调。萨都剌的《芙蓉曲》,杨维桢的《城西美人歌》、《花游曲》,乃至元末明初高启(1336～1374 年)的《香水溪》等均属于这类作品。杨维桢在《大人词》中把自我作为宇宙主,在《五湖游》中把自己想象成为"道人谪世三千秋,手把一杖青玉虯"。高启的《青丘子歌》描写自己:"本是五云阁下之仙卿,何年谪降在世间,向人不道姓与名……不肯折腰为五斗米,不肯掉舌下七十城。但好觅诗句,自吟自酬赓……"他不羡功名富贵,不为礼法所拘,狂放不羁,恃才傲物,献身诗艺。这种追求自我实现的精神,同近代新诗潮乃至"五四"现代新诗的精神是遥相呼应的。萨都剌的《杨妃病齿图》不仅淋漓尽致地描写了杨贵妃的美丽姿色及其穷奢极侈的享受,叹息这位"明眸皓齿"丽人的逝去,怀念风流李三郎唐玄宗,而且竟然敢于以"妾身日侍君王侧,别有闲愁许谁测!断肠塞上锦裪儿(指安禄山),万恨千愁言不得"等诗句,对杨贵妃与安禄山的爱情表示同情,并细腻地体味和抒发其爱情不能实现的痛苦。这种敢于直接与传统的伦理纲常相冲突的精神,是宋人所不敢梦想的。与杨维桢基本同时的王彝在其所著《文妖篇》中指斥杨维桢"以淫词谲语裂仁义,反名实,浊乱先圣之道",因而斥为"文妖",正好说明了杨维桢、萨都剌等元代后期杰出诗人敢于违反封建伦理道德、肯定个人有寻求幸福和享乐的权利的新思想、新感情。元末另一位杰出诗人兼画家王冕(1287~1359)则在一部分诗歌中表现了不甘随俗浮沉、追求清高的思想。他善画墨梅,往往通过对梅花冰洁的歌颂来表现他豪迈孤傲的性格。他在诗中写道:"不要人夸好颜色,只留清气满乾坤。"他的诗学李白、李贺,豪迈奇崛,显示出耿介自守的真感情、真个性。

明代诗坛的复古和革新运动

如前所述,元末明初乃是我国诗歌史上相当繁荣并出现新变化的一个时期。开国功臣刘基(1311~

1375年)诗文兼擅,其诗颇多忧时悯世之作,以沉郁风格为主,亦有雄浑或清丽之作。如五绝《薤露歌》:"人生无百岁,百岁复如何?古来英雄士,各已归山阿",直抒胸臆,感叹人生短促,寄寓元末英杰被排斥打击的悲慨。袁凯(生卒年不详)诗学杜甫,人称其七古笔力豪宕,七律自然,七绝"似乎率易似古乐府,亦是老杜法脉"。例如他的五绝《京师得家书》:"江水三千里,家书十五行。行行无别语,只道早还乡",写羁思乡愁,自然真切,宛如天籁。五律《客中除夕》言浅意深,七律《白燕》风流绮丽,都是传诵一时的佳作。被清人赵翼推为明代"开国诗人第一"的高启,更是才气超群,他的七古《登金陵雨花台望大江》反思历史,颂扬当今天下大定、四海一家,落笔便以"大江来从万山中,山势尽与江流东。钟山如龙独西上,欲破巨浪乘长风"之句,写江山壮丽景色,展现出一种博大昌明的气象。全篇气势豪放,大笔挥洒,舒卷自如,音韵铿锵,直逼李白堂奥。他的律绝诗则情思深婉,清丽俊逸,摇曳多姿,常于山水景物的审美中抒写在政治高压氛围下暂时的心灵解脱。与高启同属"吴中四杰"的杨基(1326~1378年后),其古诗恣肆奇诡,律绝清隽明丽。如七绝《天平山中》:"细雨茸茸湿楝花,南风树树熟枇杷。徐行不记山深浅,一路莺啼送到家。"写苏州天平山所见所闻,以白描手法描绘出色彩明艳的意象,宛如一幅有声有色的初夏山行图。仅从以上几位诗人的创作,便可窥见明初诗歌的繁荣景象。

然而，这种诗歌创作的好势头并没有保持多久。明太祖朱元璋统一全国以后，便加强思想统治，大力提倡程朱理学，并残酷地迫害、杀戮持有异端思想或他所猜忌的朝臣士子。刘基后来就被人陷害并遭到朱元璋猜疑，忧愤而死。袁凯一语不慎即被朱元璋厌恶，他佯作疯癫，才得免祸归田。杨基屡被贬谪，终被谗夺官，贬服工役，死于工所。高启则因文字罹祸，被判腰斩，死时仅39岁。朱元璋之子永乐皇帝也积极贯彻这种文化专制主义政策，猛烈地摧残思想文化领域内的生机，导致文学艺术的倒退。作为倒退的标志，诗歌重又走上了重理智轻感情的道路。其主要代表，就是以宰辅重臣杨士奇、杨荣、杨溥为首的台阁体。台阁体诗歌不仅缺乏真情实感，而且也缺乏宋人的气节。对皇帝的阿谀奉承和道德说教成了诗歌的两大特色。台阁体诗歌几乎垄断明代诗坛近百年。在这个时期，能不随波逐流，表现出自己的特色的诗人，前有于谦，后有茶陵诗派的代表李东阳。于谦（1398～1457年）是一位抗敌有功、反遭杀害的爱国将领。存诗不多，但既有关心民瘼、反抗侵略的忧国忧民之作，也有抒写自己坚贞节操之篇。著名的《石灰吟》："千锤万击出深山，烈火焚烧若等闲。粉骨碎身全不怕，要留清白在人间。"其借物抒怀，广为传诵。李东阳（1447～1516年）是台阁大臣，其诗既受台阁体影响，但对台阁体的弊端又有所匡救。他强调宗法杜甫，重视诗法和声调，又成为"前后七子"的先导。他才气较大，作品内容也较丰富，风格典雅宏丽，自成一家。

明代中期，诗坛上出现了"前后七子"。"前七子"指李梦阳、何景明、王九思、王廷相、康海、边贡、徐祯卿。"后七子"指李攀龙、王世贞、谢榛、徐中行、梁有誉、吴国伦、宗臣。"前七子"主要活动在弘治、正德年间，"后七子"主要活动于嘉靖、隆庆年间。"前后七子"提出"文必秦汉，诗必盛唐"的口号，排斥宋文宋诗，其主要出发点是排斥理学。另一面是鼓吹真情，赞扬民间文学的率真自然。对于元文元诗，在他们看来，元诗全面学唐，也包括中晚唐而带来的"纤弱"弊病。"前后七子"复古主张的实质是反对重理轻情，于诗要求以真情为根本，于人则要求真人，包含有引导文学摆脱程朱理学和传统道德束缚的意向，这正是一种新的、与晚明直到近现代文学新思潮相通的时代精神。"前后七子"所任官职都不高，个人政治品格刚直，属于官场里"文人兼气节者"。他们力抗奸阉，桀骜不驯，忧念时世，风骨凛然，再加上他们在创作上主张取法乎上，虽以盛唐为法，却强调"领会精神，临景构结，不仿形迹"（何景明（《与李空同书》），重在自出新意，他们的诗歌也有不少佳作，或才高气雄，风骨遒劲，或清丽朗秀，深婉流美。因此，他们的复古运动声势很大，致使士人如风吹草偃，竞相趋效，天下诗风翕然为变，粉饰太平、虚华僵化的台阁体诗歌的影响被廓清了，从而使明代中期诗歌出现了鼎盛的局面。

但是，"前后七子"的复古运动也有其流弊：在复古和模拟之间往往难以划清界限。越往后发展，模拟

五 通向近代与现代诗歌的桥梁

的倾向也就越加突出。同时，他们所强调的真情，也比较抽象模糊。随着工商业复兴而来的个人意识的滋长，也需要对真情给予更具体、更确切的内涵。在这样的形势下，明代后期，出现了一个以"反复古主义"为号召，实质上鼓吹人的个性、情欲和文学的主体性，反对程朱理学对文学的桎梏为主要内容的文学新潮流，也可称为一次文学的革新运动。

这次文学的革新运动，是在王学左派思想的影响下形成的。王学或称心学，首创者王守仁（1472~1529年），他继承并发扬了宋代陆九渊的心学，用以对抗程朱的客观唯心主义。他认为"万物万事之理不外吾心"，"良知即是天理"，否认心外有理、有事、有物、有言。他提倡致良知，独立思考，反对偶像崇拜。他死后，他的弟子、主要是以泰州学派为代表的王学左派更强调发挥了这种自我的精神，公开承认人类的情欲和功利思想是人的本性和社会活动的契机。特别是泰州学派后期代表、"异端之尤"李贽（1527~1602年），他在《焚书》、《藏书》等著作中大胆揭露传统教条和假道学，公开为人们嗜欲的合理性进行辩护，反对理学家的矫情饰性。他以"童心说"为论文纲领，以"绝假纯真、最初一念之本心"作为为人为文的根本，而把从耳目而入的"闻见道理"作为湮灭童心——真心的渊源。在他思想的直接影响下，以袁宏道（1568~1610年）为代表的"公安派"于万历年间提出了"性灵说"。他认为"出自性灵者为真诗"，主张诗歌从人的真实本性或原始本性出发，又认为诗文最难得的是"趣","得之自然者深,得之学问者浅"。当人"为闻见知识所缚,入理愈深,然其去趣愈远"。可见,他的"性灵"在根本上是与"闻见知识"相对立,而与"童子"之心相一致的。这样,诗歌就能抒发真情,进而表现人的自然本性。在袁宏道及其兄袁宗道(1560~1600年)、其弟袁中道(1570~1627年)的作品中,自我意识进一步加强,"喜怒哀乐嗜好情欲"大量地涌入了诗歌。这是我国诗歌史上的一次解放,它使过去某些被视为无比神圣的传统观念发生了动摇,给诗歌注入了新的时代精神。明朝中叶以后出现一大批才子佳人戏曲,以及言情和世情小说,礼赞男女之情,表现普通人的日常生活,否定封建道德的反理学倾向,与公安派的性灵诗歌是一致的。可惜的是,公安派三袁过分注重个人情趣意绪的抒发,缺乏表现时代和社会的内容。他们都有意回避以往进步作家所主张的风雅比兴传统,把文学反映重大现实问题的使命遗忘了。他们对个性自由的追求没有发展为对封建网罗的勇猛冲击,只是过多地表现为一种名士的狂态。他们的诗歌在艺术上亦难免有空疏粗率、浅陋乏味的缺陷。这样,他们所掀起的这一诗文的思想解放运动就渐渐地落潮了。而流弊所及,仿效者更趋末端,以纤巧单薄,乃至油滑鄙俗为世诟责。故而又有以钟惺(1574~1624年)和谭元春(1586~1637年)为代表的竟陵派的出现,以"幽深孤峭"的诗文风格加以匡救,却不免又把文学引入了逃避世俗的虚幻之境。就思想解放的角度来说,竟陵派实已是尸居余气。

当然，这并不意味着公安派和竟陵派作家在创作上没有建树，他们都写了若干优秀的诗篇，而在小品文创作方面成就更大。

到了明末，随着清兵入关，民族危机严重。一大批抗清救国的志士，如陈子龙、黄道周、夏完淳、瞿式耜、张煌言等人，身处天崩地坼的时代，经过颠危困厄的磨炼，诗歌皆有感而发，深沉悲凉，为明末诗坛奏出了一曲激越悲壮的尾声。陈子龙（1608～1647年）的爱国诗歌沉雄清丽、悲壮苍凉。《辽事杂诗》第三首，最能见出他的艺术风格："二月辽阳大出师，天边云鸟尽东驰。鸟鸢暗集三军幕，风雨惊传两将旗。长白峰高尘漠漠，浑河水落草离离；国殇毅魄今何在？十载招魂竟不知。"诗人深切悼念明王朝于万历四十七年（1619年）东征后金中阵亡的将士，也抒发了对昏庸腐朽的统治者的愤恨之情。此诗悲歌慷慨，酣畅淋漓，感人至深。陈子龙的学生夏完淳（1631～1647年），也是这时期有名的诗人。他9岁能诗，14岁参加抗清活动，后被清兵所捕，16岁就义于南京。他是我国文学史上早熟的诗人，在短暂的一生中表现出不凡的气概。他的诗，能把忧伤国事的感情和少年气盛的气质结合起来，格调高亢雄壮，而与陈子龙诗的悲凉苍劲有别。如《鱼服》："投笔新从定远侯，登坛誓饮月氏头。莲花剑淬胡霜重，柳叶衣轻汉月秋。励志鸡鸣思击楫，惊心鱼服愧同舟。一身湖海茫茫恨，缟素秦庭矢报仇"，抒写他在抗清义军中立誓恢复故国的壮志，正是夏完淳诗风的典型之作。

3 清代诗歌的复兴

清代是中国最后一个封建王朝，这个王朝在文治武功方面都曾取得较大的成就，文学上也是如此。无论是诗词散文这类传统文学样式，还是小说、戏曲和民间讲唱这类新兴文学，都呈现出全面繁荣的局面。其原因，首先是清代阶级斗争和民族斗争非常尖锐激烈，促使诗人和作家们面对现实、反映社会生活。其次是启蒙主义和民主主义思想的高涨和学风的改变，对文学创作产生了积极影响。明末清初由于社会危机的深重，引起了一些有识之士对几千年君主专制制度的怀疑，以黄宗羲、顾炎武、王夫之、唐甄等为代表的一些先进思想家都不同程度地抨击了君主专制，这无疑促进了人们思想的觉醒，引起对封建制度永久性的怀疑。清初学风的转变也与这种思想启蒙运动有关。顾、黄、王等人提倡的经世致用、面对现实的学风，又给清代的文风以很大的影响。乾嘉学派兴起以后推动了整个学术界的繁荣。而学术的繁荣又必然促进文学的发展。再次，就诗歌来说，清代诗人不满于元诗的纤弱、明诗的肤廓和狭隘。他们总结了元明诗人的偏颇，兼学唐宋，比较能够融会贯通，转益多师，把学习和创造结合起来，故能在变化中有所开拓。因此，清诗能够在不同程度上反映清代的现实生活，总的成就超过元明两代，足以继唐宋而成为我国古典诗歌发展史上的后劲。

清代诗歌的复兴和繁荣，首先表现在诗人和诗歌创作的数量上。仅据徐世昌1929年编辑的《晚晴簃诗汇》所收，就有6168家诗人的27669首诗。但这只占全部清诗极小的一部分。清代诗人数量之多，超过以往各朝。清代诗人创作之富，也是历朝诗人无法相比的。清代诗人一生做诗超过万首者，大有人在。如清高宗弘历，一生写诗近5万首，相当于一部《全唐诗》的数量。清末诗人樊增祥，写诗近3万首，其他如张维屏、易顺鼎、姚燮都写过万首以上的诗篇。

　　清代诗歌的复兴和繁荣，更表现在涌现出许多杰出的诗人和远比以往各朝丰富多彩的诗歌风格和流派。

　　清朝入关后的一段时期，有坚持民族气节、不肯出仕清朝的遗民诗人顾炎武、黄宗羲、王夫之，以及杜濬、吴嘉纪等。顾炎武（1613～1682年）是清初的大学者、进步的思想家，也是著名的诗人。诗学杜甫，功力极深。他存诗400余首，其中不少写得激昂慷慨，沉雄悲壮，风骨极高。《海上四首》（其一）："日入空山海气侵，秋光千里自登临；十年天地干戈老，四海苍生吊哭深；水涌神山来白鸟，云浮仙阙见黄金；此中何处无人世，只恐难酬烈士心。"诗人乡居登山望海兴感，对明王室既哀其衰败，嗟其失计，又望其恢复，交织着忧国忧民的沉郁心情，前人对这一组诗评价很高，认为可拟于杜甫的《秋兴》八首。黄宗羲（1610～1695年）、王夫之（1619～1692年）和顾氏齐名，也是当时的大学者、大思想家，黄、王的民主思想，比顾氏更为激进，但诗的成就较小。黄诗较质朴，王诗较瑰丽，功力亦深，但词旨比较隐僻。阎尔梅（1603～1679年）、钱澄之（1612～1693年）、吴嘉纪（1618～1684年）诗的共同特点，是善于以朴素的语言反映当时的社会现实，风格接近唐代的新乐府诗派。吴嘉纪终生贫困，和贫农、盐民生活在一起，滨海人民所受人祸天灾的煎熬，在他的诗中得到了饱渗血泪的抒写。例如《绝句》："白头灶户低草房，六月煎盐烈火旁；走出门前炎日里，偷闲一刻是乘凉。"这个时期的遗民诗人还有杜濬（1611～1687年）和归庄（1613～1673年），他们的爱国诗篇都写得相当沉痛。杜诗清郁，归庄绵丽，风格又有不同。生年稍后的屈大均（1630～1696年）崛起于岭南，与陈恭尹（1631～1700年）、梁佩兰（1629～1705年）一起被称为"岭南三家"。屈诗兼学李白、杜甫，气势纵横，想象奇诡，实为"岭南三家"之冠。《云州秋望》云："白草黄羊外，空闻觱栗哀。遥寻苏武庙，不上李陵台。风助群鹰击，云随万马来。关前无数柳，一夜落龙堆。"写塞外秋色，境界奇丽雄壮，在写景状物和对历史人物的褒贬中寄托反清复明的志向，读之令人感奋。

这个时期，还有以明臣而仕清的诗人，最著名的是钱谦益（1582～1664年）、吴伟业（1609～1672年）、龚鼎孳（1615～1673年），称"江左三大家"。钱氏在降清后又反清，大量作品激越苍凉，复明意志颇为强烈，他主持诗坛近50年，力倡革除明"七子"的模拟之弊，也不满公安派、竟陵派的空疏窘狭，主张转益多师，欲以学问与性情为做诗之本。他才学雄

五 通向近代与现代诗歌的桥梁

富，出入李杜韩白苏陆之间，诗风沉郁博丽，功力深厚，情韵俱胜，七律尤为出色。《后秋兴》云："海角崖山一线斜，从今也不属中华。更无鱼腹捐躯地，况有龙涎泛海槎。望断关河非汉帜，吹残日月是胡笳。嫦娥老大无归处，独倚银轮哭桂花。"诗中以嫦娥自喻，"桂花"暗指被捕杀的南明桂王，抒发对清王朝的仇恨和对故国的思念。沉郁悲凉，含蓄不尽，得杜甫《秋兴八首》神韵。吴氏早期诗风华艳，缠绵凄恻，明亡后则变为苍凉凄楚，风骨遒劲。他的不少作品表现了当时的重大历史题材，尤擅七言歌行，有《圆圆曲》、《听女道士卞玉京弹琴歌》、《永和宫词》、《琵琶行》等名篇。这些长篇歌行叙写明亡前后复杂的史事，在抒发儿女之情中寄托兴亡之感，艺术上取法元、白长庆体而变化出之，语言华丽，律度森严，骈散交错，开阖自如，音色并妙，风格凄丽苍凉，感人至深，时称"梅村体"，影响深广。他的近体诗也多有佳作。钱、吴二人都是清代首开风气的诗坛领袖。龚氏诗不逮钱、吴，但也有一些反映民生疾苦和写景清丽之作。

继此而出现于诗坛的重要人物是所谓"国朝六家"施闰章、宋琬、王士禛、朱彝尊、查慎行和赵执信。他们主要活动于康熙年间，其时清代的统治已渐趋稳固，因而较少沧桑鼎革之态，却多温雅清夐之风，故被后人称为"盛世元音"。其中施闰章（1618～1683年）与宋琬（1614～1674年）年龄最长，并称"南施北宋"。施诗题材较广，格调平和，尤工五律，俨然唐律风调。宋琬仕途蹭蹬，故多牢骚怨怼之言，诗风雄发奇崛，以七言诗及歌行为胜。王士祯（1634～1711年）是这个时期的诗坛领袖，他独宗唐人，标榜"神韵说"，认为做诗应以"妙悟"为主，以司空图所说"不着一字，尽得风流"和严羽的"羚羊挂角，无迹可求"为诗的最高艺术境界。他实际上继承了王孟韦柳一派的诗风，追求清夐淡远、含蓄深蕴的审美趣味，却不大重视诗的思想内容，其诗绝少揭露、批判现实之作。他的山水纪游诗善于捕捉客观事物所激起的主观印象，融情入景，笔致清丽、简淡，却不伤于刻画。他的诗深入浅出，言外有意，风神飘逸，音节和谐，故而自然隽永，余韵悠然。这些诗大都可以入画，但只宜于短章，特别是七绝，王氏最为擅长。例如《真州绝句》："江干多是钓人居，柳陌菱塘一带疏。好是日斜风定后，半江红树卖鲈鱼。"写江南渔村景色和渔家生活，集中笔墨勾勒出黄昏时的一个场面，意象清丽，充溢着淡泊萧散的情趣，宛然如画。又如《再过露筋祠》："翠羽明珰尚俨然，湖云祠树碧于烟。行人系缆月初上，门外野风开白莲。"露筋祠在江苏高邮，祠中供奉一位重操守而宁愿被蚊叮咬露筋而死的村姑。诗人竟把她想象为一位"翠羽明珰"的女神，又用景物环境衬托出一种仙境，以白莲象征其圣洁，笔致空灵，意境缥缈，确是神韵卓绝之作。王士祯的"神韵说"及其创作影响极大，成为清诗的一大宗派。与王士祯齐名的是朱彝尊（1629～1709年），并称"南朱北王"。朱氏学问广博，诗的功力不下于王，不乏格律工整、闳中肆外之作，但才情稍逊，故在独创新貌方面，终不如王。可与王并列为第一流的诗人是查慎行（1650~1727年）。康熙中期，诗坛上厌薄模拟唐人的窠臼，转而提倡宋诗，查氏即为其中最杰出代表。他得益于苏轼、陆游最深。其诗情意绵远，多宏放或清新之致，善用白描，工稳熨帖，发扬了宋诗之长，又讲究音节色泽，兼得唐诗之美。他写过一些同情人民疾苦的诗，但更出色的是山水纪游诗。如《雨过桐庐》："江势西来弯复弯，乍惊风物异乡关。百家小聚还成县，三面无城却倚山。帆影依依枫叶外，滩声汩汩碓床间。雨蓑烟笠严陵近，惭愧清流照客颜。"可见其白描景物的生动真切。赵执信（1662~1744年）是王士禛的甥婿，然论诗的旨趣与王氏不同，曾撰《谈龙录》批评神韵说，指出："诗当指事切情，不宜作虚无缥缈语。"又主张诗中有人，诗外有事，故多针砭时事之作，清警峭拔。他的《氓入城行》写农民对官府的反抗，值得重视。

　　进入清代中叶，雍正、乾隆年间，诗坛流派纷呈，名家迭起。宗唐派的重要诗人有沈德潜（1673~1769年）。沈氏是继王士禛之后主盟诗坛的大家，首创"格调"说，认为"诗贵性情，亦贵诗法"，要求诗人的性情本于"温柔敦厚"的诗教，做诗要讲求格律，重视声调，注意体式。他推崇汉魏盛唐，赞扬"前后七子"，并欲矫正神韵说缥缈空疏之失。他强调诗人自身的思想意识修养，重视立意，提出过"有第一等襟抱，第一等学识，斯有第一等真诗"，"法无一定，唯意所之"等，都是值得肯定的。他早年未遇期间，写过一些反映民生疾苦的诗；为官以后，写诗多以歌功颂德为能事，艺术上不脱模拟，成就不高。近体诗如《金陵十首》等颇高亢雄健。

清中期宗宋派影响较大的诗人是厉鹗和翁方纲。厉鹗（1692～1752年）生平足迹遍及大江南北、名山大川，故诗作以游览诗最多，也最擅长，写得妍炼幽隽，自成一家。他著有《宋诗纪事》一百卷，有效地促进了宋诗的研究和流传。翁方纲（1733～1818年）是清代"肌理说"诗论的倡始者。他认为神韵说之弊在于空泛，格调说之弊则在食古不化。因此他用肌理说来矫正。他所谓的肌理，包括以儒学经籍为基础的"义理"和结构辞章方面的"文理"，就是要求以学问为根底，以考证来充实诗歌内容，增加质实，增加骨肉，使义理和文理统一。他有不少把经史、金石的考据论证写进诗中的"学问诗"；而在一些记述见闻和游踪的诗中，亦不时掺杂一些考据或议论之言，故诗味不多。他的一些主张和创作成为晚清宋诗运动的滥觞。与厉鹗友善的严遂成（1694～？年），才气横溢，诗思豪迈，尤长咏史，七律最工，也是雄踞一时。又有秀水（今浙江嘉兴）钱载（1708～1793年）专取韩愈、黄庭坚一路，清真镂刻，专于章句上争奇，别树一帜，后称"秀水派"。与宗唐、宗宋相对立的"性灵诗派"也在乾隆年间崛起，它的倡导者是袁枚。袁枚（1716～1798年）与赵翼、蒋士铨合称为"乾隆三大家"，他主张写诗要写出自己的个性、灵感，主张文学应该进化，应有时代特色，而不应该宗唐宗宋。他反对专求神韵，认为会流于纤弱；也反对格调说窒息性灵，又提出要用孔子的"兴观群怨"代替格调说的"温柔敦厚"。袁枚的这些主张显然继承、发展了明代公安派的观点。在创作上，他的成就也高于公安派。他的作品感情奔放，笔调活泼，清新隽永，流转自如，试看《春日杂诗》："千枝红雨万重烟，画出诗人得意天。山中春云如我懒，日高犹宿翠微巅。"但他所说的性灵，实质上是封建文人的闲情逸致，他同神韵说、格调说、肌理说一样忽视了对现实的反映。所以他的诗多属对身边琐事的咏叹和对风花雪月的吟咏，缺少社会内容，也有不少率意之作，境界趣味不高，流为轻滑。与袁枚齐名的赵翼（1727～1814年），是一位学问博洽、识见高超的史学家，他以历史发展的眼光来看待诗史，遂得出"江山代有才人出，各领风骚数百年"的结论。所作长于议论而不乏理趣。他奉调至云南参加对缅甸战争时写的五绝《澜沧江》："绝壁积铁黑，路作之字折。下有百丈洪，怒喷雪花热。"语言精警，意象奇险，声情俱美。蒋士铨（1725～1785年），推崇袁枚的"性灵说"，诗作却受黄庭坚影响，讲究骨力，风格沉雄。

在乾隆诗坛上，成就较高的诗人还有郑燮、黄景仁。郑燮（1693～1765年），工书善画，是"扬州八怪"之一。他的古体诗鞭挞贪官污吏的残酷，同情人民的悲惨遭遇，语言朴素，描写深刻，富于现实主义精神。近体诗清新流畅，自由洒脱，含意深厚，其中一些题画诗尤见特色。例如："衙斋卧听萧萧竹，疑是民间疾苦声。些小吾曹州县吏,一枝一叶总关情。"(《潍县署中画竹呈年伯包大小丞括》)"咬定青山不放松,立根原在破岩中。千磨万击还坚劲,任尔东西南北风。"(《竹石》)黄景仁(1749~1783年),终生贫困,34岁即病故。诗以写个人的凄凉身世之感为主,抒情深入沉挚,使人回肠荡气。他善用白描,语言清切。其七律《都门秋思》云:"五剧车声隐若雷,北邙惟见冢千堆。夕阳劝客登楼去,山色将秋绕郭来。寒甚更无修竹倚,愁多思买白杨栽。全家都在风声里,九月衣裳未剪裁。"前人评其诗"如咽露秋虫,舞风病鹤"。郑、黄之诗可谓"盛世哀音"。此外,桐城姚鼐(1732~1815年)作为古文家亦工诗,七律格高调响,古体则能融入散文笔法,气势开阔。广东的黎简(1748~1799年)和宋湘(1756~1826年)也都主张抒写真性情。宋诗自然磊落,能以古诗入律,风调酣畅;黎诗幽深曲折,奇峭警拔,诗中有画。四川的张问陶(1764~1814年)异军突起,其诗学观点与创作风格接近袁枚,规模才气却不及袁,而刻意锻炼则超过。他的诗意境空灵清警,近体尤工。例如《阳湖道中》:"风回五两月逢三,双桨平拖水蔚蓝。百分桃花千分柳,冶红妖翠画江南。"写江南春景,色彩明丽,生机勃勃。

乾隆至嘉庆年间的舒位(1765~1815年)、孙原湘(1760~1829年)、王昙(1759或1760~1816或1817年)被并称为"三君"。他们继承了"乾隆三大家"的创新精神,但更注重学问功底,风格也更趋于拗涩诡异。其中，舒位尤才力纵横，擅长歌行，博丽奇崛。此外，还有吴锡麒（1746～1818年），其诗格调秀雅，词采妍丽。洪亮吉（1746～1809年），气势奔放。他被遣戍伊犁途中描写天山和瀚海的长篇短制，都新奇瑰丽，令人神往。

从以上简概的勾勒不难看出，清初到乾嘉时期的诗坛，有大家、名家，有各种不同的诗歌理论、诗歌流派和艺术风格，或同时并立，或前后相继，互较短长，争奇斗巧，可谓奇姿异态，色彩纷呈。从比较全面地学习和继承唐诗和宋诗这个角度来看，已显现出超明越元、抗衡唐宋而又融合唐宋的新局面。

清初到清中叶诗歌在表现人的思想解放方面，同明代诗歌相比，思想锋芒有所消退、减弱，但艺术魅力却大大加强了。从吴伟业的长诗《圆圆曲》可见一斑。这首诗把吴三桂和陈圆圆在爱情上的悲欢离合写得那么美丽动人，尤其令人惊异的是，诗人竟然敢于讴歌吴三桂对爱情的忠贞、捍卫爱情的勇敢、为爱情而不顾一切的气概，表现出对封建道德与传统观念的冲击与突破。章培恒先生深刻地指出："此诗所显示的，是对于个体的人——无论其为卑微的妓女抑或逆子叛臣——的命运的深切关心，而这也就是此诗能够深切打动读者的根本原因。如从思想渊源说，具有上述特点的《圆圆曲》自是晚明那场增强个人意识的思想运动的产物；如从文学发展的角度看，那么，这种内容上承萨都剌的《杨妃病齿图》，下与五四文学具有若干相通之处。"（《元明清诗鉴赏辞典·序》）

然而,"夕阳无限好,只是近黄昏"。清初到清中叶诗歌的复兴,实质上不过是一种回光返照。从鼎革之乱、家国之痛,到局势稳定、盛世降临后统治者的思想专制和森严文网,使清代的士子文人普遍具有一种屈从现实的难堪之感,一种想与现实保持距离或超脱现实的心态,使他们向往着回归古代寻找古典式的个人情趣以获得精神寄托。这种带有普遍性的士人心态反映在诗歌的理论和创作上,就是复古多而创新少。作为正统文学的清诗毕竟仍然倚据古典传统和前人的框架,因而不可能进一步深化自己的时代感受。从总体上说,它最多停留在古代的水平上。清诗直到清代中叶,也还没有能如唐诗和宋诗那样形成鲜明而又独特的时代特色。这正是处于衰落的历史时期的文学的必然征候。

六 近代新诗潮的勃兴

清朝到了道光时期，政治日益衰落腐朽。道光二十年（1840年），发生了鸦片战争，咸丰元年（1851年）又爆发了太平天国大规模的革命，长期停滞的中国封建社会演变成半封建、半殖民地的社会，开始了历史的新阶段——近代史的阶段。这个阶段，自鸦片战争起，到"五四"运动前夜，将近80年。随着中国社会的急剧变化，掀起了近代文学的新思潮，诗歌的题材内容、意境以及形式风格也都不断地发生新的变化。

1 呼唤大变革风雷的龚自珍

龚自珍（1792～1841年）是近代中国维新思想的著名先驱者，也是首开近代诗歌进步潮流的杰出诗人。他主张改革腐败的政治，学习外国有用的知识，抵抗西方资本主义的侵略。在文学方面，他首先开创了以诗文创作批判封建腐朽统治，揭露封建社会没落趋势，呼唤大变革风雷来临的先河。他的许多诗篇，形象地描绘了封建衰世景象，抨击清王朝的文化专制主义和政治黑暗，也批评了士林风气。在《己亥杂诗》中写道："九州生气恃风雷，万马齐喑究可哀。我劝天公重抖擞，不拘一格降人才！"诗人热烈呼唤大变革的风雷，希望借助它冲破封建专制统治所造成的死气沉沉局面，让人才脱颖而出，改革社会。第二，他开创了追求精神自由个性解放，追求新的理想社会的风气。在《夜坐》中，诗人以幻想、象征手法，抒发他在那死寂环境中的孤独、忧郁和追求理想的自豪感。《秋心三首》（其三）咏叹诗人对光明和理想的追求、幻灭、彷徨，以至重新燃起希望，结尾写道："起看历历楼台外，窈窕秋星或是君。"夜空深处那一颗美丽的秋星，正是诗人心灵深处对理想的美好憧憬。第三，他开创了关切祖国命运，警惕和坚决反对西方资本主义侵略，疾呼抗英的风气。他在《己亥杂诗》中揭露贪官污吏包庇、勾结洋商进行鸦片走私的卖国和腐败行径，对于英国用鸦片毒害中国人民的罪行表示强烈的愤慨。当林则徐南去广东禁烟时，诗人做诗鼓励林则徐坚决打击吸食、贩卖鸦片烟者，限制洋商并加强武备，以防英国的侵略，开近代爱国反侵略文学的先声。第四，他开创了革新诗歌和古文，呼吁文学"大变"的风气。龚自珍的诗歌，构思奇特，想象大胆，气势充沛，感情奔放，语言瑰丽多姿，熔抒情与议论于一炉，形式多样，而常不拘格律，运用自如。他的《己亥杂诗》是由315首七言绝句构成的一部大型组诗，抒写平生经历和志向情愫。他的《西郊落花歌》用一连串比喻描状落花奇瑰伟丽的形貌和精神气势:"如钱塘潮夜澎湃,如昆阳战晨披靡,如八万四千天女洗脸罢,齐向此地倾胭脂。奇龙怪凤爱漂泊,琴高之鲤何反欲上天为?玉皇宫中空若洗,三十六界无一青蛾眉。又如先生平生之忧患,恍惚怪诞百出无穷期。"这是诗人以充满浪漫精神的诗心奇想,对传统审美对象独特的感知和开掘,可谓前无古人。思想的新鲜和深刻,艺术的大胆独创,使龚诗别开生面,不同于唐宋诗,开创近代诗歌的新风貌。

鸦片战争时期的爱国诗潮

1840年鸦片战争爆发前后,以林则徐禁烟烈火和三元里抗英吼声为标志,中国人民揭开了近代反侵略斗争的新篇章。血泪和怒涛冲击着诗坛,形成一股规模浩大的爱国诗潮。仅阿英先生所编《鸦片战争文学集》一书就收了100多位诗人写鸦片战争的诗。这还不是全部。由于龚自珍死于鸦片战争后的第二年,他的诗无法反映这场战争的过程及战后中国的变化,而与他齐名的魏源、张维屏、林则徐,以及张际亮、姚燮、贝青乔、林昌彝、朱琦等许多诗人,则在他们充满爱国激情的诗篇中对鸦片战争作了及时、充分的反映。同古代爱国诗歌相比,鸦片战争时期的爱国诗潮有以下几个新的特点。

第一,歌颂了中国人民,包括爱国将士可歌可泣的抗英斗争,尤其是广大劳动人民的反侵略武装斗争。这是前代诗歌中所未有过的。魏源（1794～1857年）写了40多首七言律诗，构成了一部鸦片战争诗史。他的《寰海》（其十）歌颂了三元里人民抗击侵略者的英勇斗争，谴责清政府官吏纵虎归山的卖国行径。张维屏（1780～1859年）的长篇叙事诗《三元里》更生动具体地展示了人民抗英的雄壮场面。朱琦（1803～1861年）写了《关将军挽歌》等诗，讴歌虎门守将关天培等人浴血战死的壮烈事迹，人物形象十分鲜明。这时期的许多同类诗歌，组成了一部抗敌英雄谱。

第二，沉痛记述沿海百姓惨遭蹂躏的苦难，控诉侵略者的罪行。诗人姚燮（1805～1864年）写了许多新乐府诗，记录战乱中难民饥寒交迫、流离失所、妻离子散的悲惨境遇，揭露英军侵占镇海、宁波等地，任意捕人服役、勒索赎金、残杀无辜的罪行。黄燮清（1805～1864年）在《乍川纪事》中写英军炮击乍浦镇，一片火海，掠尽金银，留下一片血腥，朝廷却派大臣向敌人赠礼求和来"祭奠"死难者。诗人痛愤之情，溢于言表。还有一位署名"越伊优亚生"的作者，在《镇城惨劫》诗中，描写侵略军攻入镇江，全城火焰烛天，百姓的鲜血染红了河水；妇女不甘受辱，纷纷上吊自尽；无数幼儿被抛入井中；死尸遍地，南风吹来，泛起阵阵腥臭。全诗字字血泪，满含着对侵略者的刻骨仇恨！古代爱国诗歌，大多与忠君思想纠结，感念君恩，关切君王与社稷。鸦片战争时期诗歌更多地表现了与人民的联系。诗人们为人民的苦难痛哭，也代人民发出控诉!

第三,控诉侵略者的同时,大量诗歌愤怒地揭露和抨击统治者昏愦畏葸,谴责投降派卖国的无耻行径。这是绝大多数诗人此期诗作的共同主题。贝青乔(1810~1863年)的《咄咄吟》是这方面最有代表性的作品。这是一部大型组诗,由120首七绝组成,每诗咏一事,诗后附有一注。组诗真实地记录鸦片战争最后阶段即从"东征"开始到失败的全过程,而重点则是全面暴露清王朝投降派的无耻和清军的腐朽,从而揭示了战争失败的真正原因。

第四,表达了反侵略的坚定意志,进而提出"师夷长技以制夷"的新思想。林则徐和魏源的诗可以作为代表。林则徐(1785~1850年)不仅是一位民族英雄,也是一位有成就的诗人。鸦片战争失败后,他被革职遣戍伊犁,抗英意志始终不衰。他在遣戍途中所写的一首酬答诗,不仅感念国事,忧愤深广,而且提出了防止侵略者"蚕食"的问题,表现出远大目光和爱国赤忱。魏源在《都中吟》内更提出:"船炮何不师夷技?""江海何不严烟禁?""何不别开海夷译馆筹边谟?夷情夷技乃夷图,万里指掌米沙如。知己知彼兵家策,何人职司典属国。"敏锐的诗人深深思索战争失败的教训,寻求救国良策,在爱国思想中增添了新的内容。这是近代化的呼声。

鸦片战争时期的爱国诗潮,标志着中华爱国主义诗歌发展到一个新的阶段,也标志着中国近代诗歌的开端,成为近百年反帝反封建诗歌的第一个高潮。

"诗界革命"和"新体诗"

早在光绪二十二年（1896年），夏曾佑、谭嗣同和梁启超等人就开始试作"新学之诗"。这种诗的特点是"捋扯新名词以自表异"，如谭嗣同的"纲伦惨以喀司德，法会盛于也力门"（《金陵听说法》）之类，硬塞入几个新名词，实在是一种舍本逐末的做法。在总结这种失败的做法之后，梁启超在光绪二十五年（1899年）逃亡海外时写的《夏威夷游记》中，才正式提出"诗界革命"的口号，要求"以旧风格含新意境"，并具体提出：第一要新意境，第二要新语句，而又须以古人之风格入之，然后成其为诗。"此后，梁启超又进一步致力于"诗界革命"的鼓吹。当时，我国的政治变革和文化变革都已经是大势所趋，势在必行。梁启超所倡导的"诗界革命"合乎社会进步的潮流，自然得到了社会的响应和赞许。其中，黄遵宪（1848～1905年）在诗界革命的理论建树和创作实践上成就最为突出，成为一面旗帜。他的《人境庐诗草》咏怀时事，表现反帝爱国思想，具有鲜明的时代特点。他力求做到"诗之外有事，诗之中有人"。例如，他在《冯将军歌》中热烈歌颂抗法爱国将领冯子材的英雄业绩；在《度辽将军歌》里辛辣地讽刺败军将领吴大澂狂妄自大而又懦弱无能；《番客篇》从热闹的婚礼写起，引出五位侨胞的身世，表现华侨在南洋谋生的辛劳，以及他们对祖国和家乡的眷恋之情，都给读者留下深刻的印象。他在新加坡、伦敦、日本、美国等地所写的旅游诗，将自己的游踪所及，一一录于笔下，使异国风光，尽入眼底，令人耳目一新。《锡兰岛卧佛》、《登巴黎铁塔》、《苏伊士河》等诗篇，更是做到情景交融，耐人寻味。《今别离》四首分咏轮船、火车、电报、相片及东西两半球昼夜相反，寓意含蓄，描写生动传神，实践了自己的创作主张：以"古人未有之物，未辟之境，耳目所历，皆笔而书之"。他的诗歌题材广阔，气魄雄大，语言力求通俗明朗，形式上比较自由，风格多样，实践了他的"我手写我口"、重视独创、反对模拟的进步主张。他能继承古典诗歌的优良传统，吸收前代诗人的创作经验，并使自己的诗歌创作自具面目。他还大胆采用以文为诗的写法，"用古文家伸缩离合之法以入诗"，又从民歌中吸取丰富营养。他的五古、七古、七律以及民歌体诗都取得显著的成就。

除黄遵宪外，新体诗的重要作者还有康有为(1858~1927年)、谭嗣同(1865~1898年)、梁启超(1873~1929年)等人。谭嗣同的诗和康、梁的早期诗歌，有不少反映重大历史事件、抒发爱国思想之作。更多的诗，表达自己的理想抱负，忧时愤世、变革图强的决心和对腐败政治的抨击。康有为的诗想象奇特，文辞瑰丽，风格雄浑，气度恢廓。如《出都门留别诸公》："天龙作骑万灵从，独立飞来缥缈峰。怀抱芳馨兰一握，纵横宙合雾千重。眼中战国成争鹿，海内人才孰卧龙？抚剑长号归去也，千山风雨啸青锋！"光绪十五年（1889年），诗人第一次向皇帝上书，为顽固派所阻，不得上达，愤而离京，作此诗留别亲友。读此诗，可见他出入风骚，融会李杜，以宏伟气魄驭瑰奇想象，写胸中壮思的风貌。谭嗣同的诗如《崆峒》、《夜成》、《出潼关渡河》等，感情激昂，调子高亢，笔墨遒劲，意境雄奇，有一股风华正茂的豪气喷薄而出。如《潼关》："终古高云簇此城，秋风吹散马蹄声。河流大野犹嫌束，山入潼关不解平。"借黄河和群山的意象，表达出冲决封建罗网、跨越一切艰难险阻奋勇前进的壮志。梁启超的诗如《读陆放翁集》、《自励》、《志未酬》等，感情丰富，直抒胸臆，明白流畅。试读《太平洋遇雨》："一雨纵横亘二洲，浪淘天地入东流。却余人物淘难尽，又挟风雷作远游。"诗人在戊戌变法失败后远游美洲，在太平洋上思索古今，展望未来，表达出胸中包藏时代风雷的壮志。情怀高远，境界开阔。

此外，被梁启超称为"诗界革命的巨子"的丘逢甲（1864～1912年），是台湾著名诗人，曾在台湾组织义军抗日，事败后内渡，在广东各地教书。今存诗皆为内渡后所作，主要抒发他愤慨国土被割和缅怀故乡的深沉感情。试读《春愁》："春愁难遣强看山，往事惊心泪欲潸。四百万人同一哭，去年今日割台湾！"

这一次"诗界革命"具有内在的自相矛盾的双重性质。一方面它主张思想内容和意境追求时代精神，抛弃古老的传统，学习西方资产阶级时代的诗歌；一方面它又主张在形式和风格上固守民族传统，产生了一批"旧瓶装新酒"式的诗歌。在诗歌发展史上,它一方面主张"别求新声于异邦",开创了"五四"新诗运动的先河;另一方面,它又固守着"理想宜新,形式宜旧"的模式。作为一个诗歌的革新运动,到了"五四"新诗运动兴起之际,它就显得保守了。但它的出现,预示了中国古典诗歌时代的终结,一个更加彻底的诗歌革命时代的必然到来。

4 辛亥革命前后的诗歌

1898年戊戌变法失败以后,一场以推翻清王朝统治为目标的资产阶级民主革命运动迅速高涨。进步诗歌潮流随着这一革命运动的兴起,又有了进一步的发展。这时期的诗人几乎全是革命者和同情革命的人。他们自觉地把诗歌当做革命斗争的工具,为民族民主革命慷慨高歌。代表人物是女革命家秋瑾和南社诗人。

秋瑾(1875~1907年)年,字璿卿,号竞雄,自称鉴湖女侠。她是近代史上著名的革命家、女诗人。1904年离家东渡日本,加入光复会和同盟会,从事革命活动。1905年年底回国,创办报刊,鼓吹资产阶级革命,并策划组织反清武装起义,事泄被捕,从容就义。她的诗歌内容多为悲叹祖国灾难深重,抒发为革命不惜赴汤蹈火的豪情壮志。她最喜歌咏刀剑,把刀剑作为战斗的象征,作为流血奋斗、不怕牺牲的寄托。她常以不假雕饰的笔墨抒写激越奔放之情,风格雄健警动。例如《对酒》诗:"不惜千金买宝刀,貂裘换酒也堪豪。一腔热血勤珍重，洒去犹能化碧涛。"为了更好地宣传革命，她还写了一些通俗化的诗歌，如《同胞苦》、《支那逐魔歌》、《勉女权歌》等。

随着革命形势的发展，以"南社"为中心，出现了大批的革命诗人。南社是辛亥革命前著名的文学团体，发起人为同盟会会员陈去病（1874～1933年）、高旭（1877～1925年）和柳亚子（1887～1958年），宣统元年（1909年）十一月在苏州正式成立，社员最多时竟达1100多人。到1923年解散时，共出版《南社丛刻》20集。可以说，它是我国近代人数最多、影响最大、活动时间最长的文学团体。著名诗人除陈、高、柳外，还有宁调元（1883～1913年）、苏曼殊（1884～1918年）等。在辛亥革命以前，他们的作品充满了对清王朝的仇恨，对祖国命运的忧虑，对山河破碎的悲愤；也有不少号召人们投入民族民主革命，推翻清王朝、创建民国的昂扬豪迈的篇章。像周实的"昆仑顶上大声呼，共挽狂澜力不孤"，柳亚子的"何时北伐陈师旅，拨尽阴霾见太阳"等，都是振奋人心的诗句。南社诗人还表现出为革命不怕牺牲、甘洒热血换取民族自由的崇高精神，如宁调元的"愿播热血高万丈，雨飞不住注神州"，陈去病的"誓死肯从穷发国，舍身齐上断头台"等。辛亥革命之后，南社诗人则转变为抒发理想破灭的悲哀，谴责袁世凯等复辟帝制的丑剧，风格趋于低沉。

与具有近代民主思想的进步诗歌潮流并行，传统诗坛上出现了具有较大影响的宋诗运动。程恩泽是其先驱,重要作家有祁寯藻、何绍基、郑珍和曾国藩等人。他们大多是学有根基的汉学家或兼攻宋学者,其基本创作倾向是"学人之言与诗人之言合"。宋诗派学古并不主张亦步亦趋地拟古,也很注意吸收宋人学唐的那种另觅蹊径的精神,追求诗歌的独创性。其中以何、郑的成就最高。何绍基(1799~1873年)的山水诗侧重表现自己从山水中感悟到的独特镜象、情趣和理致。名篇《飞云岩》句句似写飞云,实写如云之岩,而以人比拟云、石,又以云、石拟人间百态,奇想破空,妙喻连发。他的近体诗则清新自然,又有奇趣,如《山雨》:"短笠团团避树枝,初凉天气野行宜。溪云到处自相聚,山雨忽来人不知,马上衣巾任沾湿,村边瓜豆也离披。新晴尽放峰峦出,万瀑齐飞又一奇。"郑珍(1806~1864年),则把社会动乱、民生疾苦和个人的不幸融会成一种凄苦沉郁的风格,并以奇峭之笔描绘他的故乡黔北的奇特山川景物,如《白水瀑布》以"九龙浴佛雪照天,五剑挂壁霜冰山,美人乳花玉胸滑,神女佩戴珠囊翻;文章之妙避直露,自半以下成霏烟;银虹堕影饮谼(音 hōng)壑,天马无声下神渊;沫尘破散汤沸鼎,潭日荡漾金熔盘"等生动奇妙的喻象,使闻名中外的黄果树瀑布绘声绘色,令读者有身临其境之感,体现出其诗"历前人所未历之境,状前人所难状之状"(陈衍《石遗室诗话》评郑珍诗)的特色。宋诗运动至光绪年间衍为"同光体",主要作家除何绍基、郑珍外,还有莫友芝、陈三立、沈曾植、陈衍。他们的诗集中都有少量反帝爱国和同情人民疾苦的诗篇。这说明在近代民族民主革命进步潮流的影响下，传统的保守的复古的诗人也不可能完全脱离激烈变动的时代现实。其中陈三立（1853～1937年）成就较突出。他写了很多反帝爱国诗歌。他的诗风主要取法黄庭坚，避俗避熟，取境奇奥，造句瘦硬，炼字精妙，例如"九霄飞影能摇夜，万窍寒声已怒空"、"瓦鳞新雪生春艳，旗角寒云卷雁高"等。值得注意的是，他把自然景物营构成种种足以震撼人们神经乃至刺穿人心的意象，因此他的诗虽取传统的形式，却显示出一些与传统诗歌迥异的新质，给人以读现代诗的感觉。陈氏一直活到本世纪30年代后期，可以说他是古典诗歌的最后一位重要诗人。

复古诗坛还有汉魏六朝派和晚唐派。前者的代表是王闿运（1833～1916年），后者的代表是樊增祥（1846～1931年）和易顺鼎（1858～1920年），他们诗集中都有关涉时事、忧国忧民之作。例如王闿运最有名的长诗《圆明园词》，通过圆明园的兴废，反映清王朝国势的盛衰，也表现了抵御外国侵略的爱国思想。全诗华实并茂，一唱三叹，感情深沉，在当时影响颇大。但这两派诗人都未能摆脱拟古樊篱，在艺术上缺少创新，正是古典诗歌没落的标志。

七 中国现代新诗的诞生与发展

1 "五四"新文学运动的最早成果

中国新诗歌运动的滥觞也许可以追溯到清末民初夏曾佑、梁启超、谭嗣同等人倡导的"诗界革命",和黄遵宪等人的"新体诗"。但最早的现代新诗,却是直到"五四"运动前夕,1917年2月才出现的。这就是《新青年》杂志第二卷第六号上胡适(1891~1962年)的8首白话诗。中国的第一部白话新诗集,是1920年3月东亚图书馆出版的胡适的《尝试集》。钱基博先生说:"自适《尝试集》出,诗体解放,一时慕效者,竞以新诗自鸣。"指的是当时在《新青年》和《新潮》、《星期评论》等杂志上发表新诗的康白情(《草儿》)、俞平伯(《冬夜》)、刘半农(《相隔一层纸》)、沈尹默(《三弦》)、王统照(《童心》)、朱自清(《踪迹》)等。

鲁迅先生(1881~1936年)早在1907年写的《摩罗诗力说》里,就已经向中国人民介绍过"立意在反抗、指归在动作"的外国诗人拜伦、雪莱、普希金、莱蒙托夫、裴多菲等人作品的精神,这对中国新诗的兴起起到了很好的推动作用。1918年5月,鲁迅在《新青年》上发表新文学史上第一篇白话小说《狂人日记》的同时,还发表了白话新诗《梦》、《爱之神》、《桃花》等3首,接着又发表了《他们的花园》、《人与时》等几首。鲁迅自谦他写新诗只是"打打边鼓,凑些热闹",但他的理论和创作,对"五四"时期新诗的发展作出了贡献。

"五四"运动后的最初几年,已经出现了现代新诗的繁荣局面。当时许多做诗的人都多少带有一种战斗的心情,他们写新诗是为了表现反帝反封建的民主革命思想,也是为了向旧文学示威,使新文学取得正宗的地位。早期的一些共产党人也积极从事新诗创作。例如,李大钊写了《山中即景》、《欢迎独秀出狱》,周恩来写了《生离死别》,瞿秋白写了《赤潮曲》,彭湃写了《起义歌》,邓中夏写了《游工人之窟》,等等,都给人以强烈的鼓舞,推动了新诗的发展。

1921年文学研究会成立,会中诗人郑振铎、周作人、俞平伯、朱自清、徐玉诺、郭绍虞、叶绍钧、刘延陵所出的白话诗合集《雪朝》,抱着"为人生"的宗旨,开辟了新诗的现实主义倾向。

在这一时期里,还出现了一股小诗创作的潮流。其中影响较大的是以诗集《繁星》和《春水》闻名的冰心(1900~1999)。作者受印度诗人泰戈尔《飞鸟集》的影响,表现对人生的思索,对自然美和母爱的歌颂的"情绪的珍珠"。如《繁星》(第一百三十一首)唱道:"大海呵!/那一颗星没有光/那一朵花没有香/那一次我的思潮里/没有你波涛的清响"。这些小诗充满了真挚而深沉的哲理兴味。此外,还有宗白华的《流云小诗》,在哲理抒情中蕴蓄着很浓的泛神论色彩。这些小诗在当时产生了很广泛的影响,许多人竞相尝试。

湖畔诗社的汪静之、冯雪峰、潘漠华、应修人,是专心致志做情诗的4位年轻诗人。他们的合集《湖畔》、《春的歌集》以反对封建礼教、争取婚姻自由为主题,反映了为"五四"的浪潮所唤醒的青年对甜美生活的追求,包含着鲜明的反封建意义。

由于上述许多人的努力和尝试,白话新诗展现了"诗体大解放"的最初实绩,成为"五四"新文学运动的首批产儿。白话新诗尝试的成功,使新文学从一向被认为是"文学中的文学"、"大雅之堂"的诗歌领域打开缺口,冲破了文言诗文的一统天下,因而它在文学史上具有划时代的意义。由于白话诗作为民主思想的载体,反过来它又促进着思想革命和社会革命。

但"五四"初期的白话诗,尚属"尝试"阶段,多数作品缺乏深刻隽永的诗意。即使从形式上看,也如胡适所说,"还带着缠脚时代的血腥气"。在艺术上比较稚拙、粗糙,说理成分过重,明快有余而少有含蓄。

2 郭沫若——新诗艺术的伟大奠基者

上面说到的胡适等一大批作家,都是新诗的开创者。但真正在新诗中开创出一代诗风的，是郭沫若（1892～1978年）。

郭沫若是1919年才开始在《时事新报·学灯》上登台亮相做新诗的。但他的起点很高，是一位后来居上者。郭沫若的诗集《女神》出版于1921年8月，收有新诗54首、诗剧3篇，绝大多数是"五四"运动前后所写的诗。郭氏在日本留学期间，从西方浪漫诗歌中吸取了营养，并从十月社会主义革命胜利中感受到"新生的太阳"的"新的光明和新的热力"，寻找到了新的方向，从而创作出这部充满革命激情和浪漫气质的诗集。

在《女神》中，郭沫若以火热的革命激情，丰富的想象，神奇的夸张，雄浑的格调，华丽的辞藻，和多姿多彩的自由体诗歌形式，为我国的新诗坛塑造了一个敢于"立在地球边上放号"，"要不断的毁坏，不断的创造，不断的努力"，足以把日月星辰和"全宇宙来吞了"的"自我"形象。这个"自我"，是深深地扎根于现实社会、紧紧地扣着时代脉搏，与民众同呼吸共奋斗的叱咤风云的叛逆者和革命者。在《凤凰涅槃》、《匪徒颂》、《巨炮之教训》和《女神之再生》等诗中，郭沫若不仅表现了渴望祖国获得新生、民族得以复兴的强烈愿望，对帝国主义、封建势力表现了强烈的仇恨和反抗，而且歌颂了世界上一切倡导政治革命、社会革命、宗教革命、文艺革命和教育革命的"匪徒"，歌颂了"俄罗斯的巨炮"和"实行波尔显威克的列宁"，强烈表示要革命不要改良，既反对补天，也反对旧瓶装新酒，鼓励人们为创造一个新的世界而努力："新造的葡萄酒浆，/不能盛在那旧了的皮囊。/我为容受你们的新热、新光，/要去创造个新鲜的太阳！"（《女神之再生》）郭沫若给新诗输入了崭新的革命内容，成功地表现了"五四"时代中国人民对于社会主义的热烈追求，开辟了新诗的革命浪漫主义传统。它是崭新的，同时又与中国古代浪漫主义传统有深刻的内在关联。《女神》在当时获得很高评价。郁达夫说："我国的新诗，完全脱离旧诗的羁绊自《女神》始。"闻一多也说："不独艺术上他的作品与旧诗词相去最远，最要紧的是他的精神完全是时代的精神——二十世纪的时代的精神"，"《女神》真不愧为时代的一个肖子"。

在《女神》以后，郭沫若又有《星空》、《瓶》、《前茅》、《恢复》等诗集问世。《前茅》为1925年以前旧作的结集。他在诗里痛斥了政客、军阀、官僚，也歌颂了工人的斗争和无产阶级专政，并预言了中国大革命高潮的即将到来。但诗中对于革命的理想未免朦胧，在艺术上也失之粗糙。诗人经过大革命血与火的斗争之后，精心创作的诗集《恢复》，以极其真实生动的形象，广泛而深刻地反映了第一次国内革命战争及其向第二次国内革命战争转变时期我国人民的生活和斗争。例如，在《我想起了陈胜吴广》中他唱道："在工人领导之下的农民暴动哟，朋友，这是我们的救星，改造全世界的力量！"在《战取》里，他暗示白色恐怖虽然严重，但黑暗也正孕育着新社会诞生的希望。

如果说，《女神》反映了"五四"时期的时代精神，是"五四"时代的肖子，那么《恢复》则反映了大革命时期的时代精神，是大革命时代的肖子。《恢复》体现了郭沫若诗歌的革命浪漫主义已同革命现实主义紧密融合，标志着诗人思想和艺术的成熟。

郭沫若是中国现代新诗运动的旗手，是中国新诗史上第一位伟大的诗人。正如他的诗友冯乃超在《发聩震聋的雷霆》一文中所说："郭沫若先生在中国新诗的劳作上，是成就最高、贡献最大的人。三十年代以降的青年学生，都是他的读者。他用琳琅新颖的诗句，有如一位伟大的教师，熏陶着年轻的一代。他塑模了中国古代反逆典型，做年轻世代的模范，培植了对僵死教条的反抗精神。他苏醒了古人生死不苟的美德，使年轻的世代有所借鉴。他是理解现代中国脉搏的跳动，而兼精通中国古代精神（通过古代语言和古典）的少数者之一人。"

3 众多流派和风格争奇斗妍

在第一次和第二次国内革命战争时期，中国新诗蓬勃发展，呈现出多种流派和风格争奇斗妍的壮观。

1921年6月底，由郭沫若等人在日本成立了创造社。创造社的出世，标志着浪漫主义诗派正式登上了中国新诗的舞台。创造社的诗人，初期成名的除了郭沫若，还有邓均吾和成仿吾。成仿吾的诗在浪漫的情趣中蕴含着象征的色彩，委婉而强烈地反映出一个弱国子民在异国他乡悲切的感受。邓均吾的诗主要以大自然为题材，他常用心灵的眼睛透过自然的景观，凝视人的感情世界，并探索人生的意义。他的诗情感真挚，清幽旷远，纯净淡雅，句式短小，格式整齐。创造社中期的诗人有穆木天、冯乃超、王独清，共同提倡和实践象征诗，为中国的新诗坛增添了奇光异彩。他们对于新诗的形式、技巧和风格的探索，对于纠正"五四"以来诗坛相对地忽略诗的艺术性这一倾向是有作用的。

蒋光慈（1901~1931年）是创造社后期的革命诗人，在艺术上继承了《女神》的浪漫主义传统。他的诗集《新梦》（1925年）收的是他旅居苏联时所作的诗歌。他歌颂了"十月革命的红雨"，给"五卅"前夜中国人民的战斗画出了一幅美丽的远景，自然也增添了不少战斗的力量。他回国以后写的诗集《哀中国》、《战鼓》、《乡情集》中，多是对黑暗的诅咒，充满了悲愤的调子，诗的真实性和感染力都较前增强了。虽然有些诗多少有点感伤，但仍然表现出为革命献身的坚强意志。

"沉钟社"的诗人冯至（1905~1993年），先后出版了《昨日的歌》（1927年）、《北游及其他》（1929年）两本诗集，在富于热情和忧郁的格调里，唱出了一部分青年反抗和追求的心声。他的长篇叙事诗尤称独步，如《吹箫人的故事》、《蚕马》、《帷幔》都是哀婉的故事诗，内容真切，结构精心，抒情味浓郁。冯至被鲁迅称为"中国最为杰出的抒情诗人"。

在这个时期,新诗坛上还出现了两个很有影响的艺术流派——新月派和象征派。

新月派又称格律诗派,有闻一多、徐志摩、朱湘、饶孟侃、刘梦苇等人,他们强调诗应具有音乐美、绘画美、建筑美。他们受19世纪英国浪漫主义诗人的影响较大,执著地追求艺术的纯美,诗中虽也涉及人生问题,但反抗精神微弱。闻一多(1899~1946年)是这一派中杰出的理论家和诗人。他早期的诗集《红烛》多用自由体,后来的《死水》,在整饬的格律中唱出了热烈的爱国心声,也倾诉了对军阀统治下罪恶现实的不满。例如《口供》:"我不骗你,我不是什么诗人,/纵然我爱的是白石的坚贞,/青松和大海,鸦背驮着夕阳,/黄昏里织满了蝙蝠的翅膀。/你知道我爱英雄,还爱高山,我爱一幅国旗在风中招展。……"闻一多想象力很丰富,感觉很细致,对色彩特别敏锐,讲究字句的推敲与锤炼。由于诗人对中国古典诗歌与西方浪漫主义诗歌都作过深刻的研究,他的诗既有浓厚的民族色彩,又有外国诗的长处。他大力提倡和实验具有"节的匀称"、"句的均齐"和音组的等量、定额的格律诗,很有艺术价值。

新月派的另一位诗人徐志摩(1897~1931年),最先出版了《志摩的诗》(1925年),以后又有《翡冷翠的一夜》、《猛虎集》、《云游》。他有一些讴歌自由民主的政治理想、反对封建军阀、同情人民疾苦的诗,但大多数是他个人情怀的表露,个别作品还流露出同革命相抵触的反动意识。徐志摩才华横溢,精通诗艺。

他善于从生活中吸取口语,加以纯净化,畅达透脱,珠圆玉润。他写景状物,无不绘态传神。他对新格律诗作了多种体式的试验探索,追求形式的完美,把一首首诗编织成精美的锦缎。他的诗歌风格轻盈,柔美潇洒,自成一家。例如《再别康桥》:"轻轻的我走了,/正如我轻轻的来;/我轻轻的招手,/作别西天的云彩。""……我挥一挥衣袖,/不带走一片云彩。"表达对旧情的眷恋和珍视,也表达了寻梦时的怅惘、落寞情怀。全篇情景交融,意境迷离恍惚,色彩斑斓;诗行有规律地参差错落,抑扬顿挫,韵律优美。徐志摩、朱湘、陈梦家、饶孟侃都写了一些优美动人的格律诗,对新诗艺术水平的提高和格律建设是有积极作用的。但他们的作品毕竟内容贫乏,生活底蕴不足,企图以形式的完美来掩盖思想感情的消沉空虚,不可避免地产生唯美主义、形式主义的流弊。茅盾先生曾用徐志摩的一句"在梦的轻波里依回"来说明徐诗的全部内容和情调,可谓一针见血。

20年代后期的诗坛上,还有一个"象征派",代表人物是李金发(1900～1976年)。他的《微雨》(1925年),是中国诗坛上的第一部象征诗集。他把法国的象征派诗艺引进中国,打破程式,任意涂抹,刻意追求一种新奇神秘的色彩;诗的语言文白夹杂,语序错乱,又缺少可寻的章法。因此,难于找到知音,不为一般读者所接受。但李金发的这些诗歌,以出人意表的丰富想象和自由联想,真实地表现他身羁异乡抑郁孤独的愁苦情绪,显示了象征派诗歌意蕴深远的魅力，为新诗艺术带来了新的血液。初期象征派诗人，还有高长虹、石民、废名、姚蓬子、胡也频等人。姚、胡很快转到了左翼文坛；李金发的象征诗也越写越少，到 20 年代末便在中国诗坛上逐渐消失。

在象征派的影响下，30 年代初期，又出现了以戴望舒（1905～1950 年）为代表的"现代派"。他们也大力提倡写象征诗，由于矫正了李金发的神秘与晦涩，当时曾在诗坛上产生了很大的影响。戴望舒的第一部诗集《我的记忆》（1929 年）表现了他在大革命失败后内心的苦闷和追求，形式上也注重音律和韵脚，其中的《雨巷》一诗，在低沉而优美的调子里，描绘诗人在雨巷中独行的情景，抒发出浓重的失望和彷徨的意绪，被叶圣陶称为"替新诗的音节开了一个新的纪元"。以后，戴望舒放弃对于音乐性的追求，试验用口语写诗，追求诗的内在情绪节奏。他的第二部诗集《望舒草》集中体现了他新的美学见解和艺术追求，写出了《村姑》、《断指》等感情健康、朴素动人的好诗。例如《旅思》："故乡芦花开的时候，／旅人的鞋跟染着征泥，／粘住了鞋跟，粘住了心的征泥，／几时经可爱的手拂拭？／／栈石星饭的岁月，／骤山骤水的行程，／只有寂静中的促织声，／给旅人尝一点家乡的风味。"诗人用平常的口语，捕捉了"征泥"和"促织声"这两个意象，便借以传达出了浓郁的乡思。8 行诗，胜过千言万语。

在 30 年代的现代派诗人中，"汉园三诗人"卞之琳、何其芳、李广田是引人注目的群体，因他们最初合出一部《汉园集》而得名。他们当时都是北京大学学生，所做诗歌都重视感觉，注重想象，借暗示来表现情调。卞之琳（1910～2000）有《三秋草》和《鱼目集》。他注意用普通的口语写北平街头下层人民的社会风情；一部分写个人情绪的诗篇注重观念的省略，晦涩难懂。他也有写得十分出色的小诗，如《断章》："你站在桥上看风景，/看风景人在楼上看你。//明月装饰了你的窗子，/你装饰了别人的梦。"诗仅4行，文字平易浅近，画面单淳朴素，却巧妙地传达出诗人对于宇宙人生一切事物既相对又关联的哲学沉思。何其芳（1912～1977年）有诗集《预言》。他那些感觉细腻、文字瑰奇、韵律优美、如烟似梦的爱情诗，曾使不少知识青年为之倾倒。试读《月下》："今宵准有银色的梦了，/如白鸽展开沐浴的双翅，/如素莲从水影里坠下的花瓣，/如从琉璃似的梧桐叶/流到积霜的瓦上的秋声。/但眉眉，你那里也有这银色的月波吗？/即有，怕也结成玲珑的冰了。/梦纵如一只顺风的船，/能驶到冻结的夜里去吗？"写爱的绝望，全用现实的或想象的意象来暗示。他的诗歌意象多透露出古典诗词的气息，体现了传统与现代的融合。李广田（1906～1968年）同时是著名的散文家，他的诗具有散文的气息。

在"左联"成立前后的几年，革命的诗歌也仍然在发展，殷夫（1909～1931年）就是很有成绩的诗人。他早期的抒情诗多表现一种对于光明的追求和爱情的歌咏，技巧成熟，感情深沉。到1929年以后所写的诗歌则充满了革命的战斗情绪和乐观主义的精神。这些诗因为有作者亲身经历的斗争生活为源泉,显得真切扎实。例如《一九二九年五月一日》中写他到大街上去散发传单:"我在人群中行走,/在袋子中是我的双手,/一层层一叠叠的纸片,/亲爱地吻我指头。"语言活泼生动,富有革命豪情,又有浓烈的生活气息。殷夫的创作把革命抒情诗的艺术向前推进了一步,受到鲁迅的热烈赞扬。

"左联"成立以后,革命诗歌有了更健康的发展。在"左联"的倡导下,先后三次掀起大众化讨论高潮。鲁迅、瞿秋白发表了精辟的见解,并进行过最初尝试,为诗歌大众化开了先声。1932年,成立了在"左联"领导下的革命诗歌团体——中国诗歌会,并出版了刊物《新诗歌》,把诗歌大众化作为目标,提出新诗歌形式总的方向是"让诗歌同音乐结合在一起而成为民众所歌唱的东西",提出"新诗歌谣化"的口号,这些对新诗的发展都起了良好作用。中国诗歌会中最重要的诗人是蒲风(1911~1942年),他有《茫茫夜》、《六月流火》等诗集。他的诗大部分取材于农村的生活和斗争,作风刚健质朴,有力地描绘了农民受剥削的痛苦和他们的斗争情绪,气魄雄壮,表现力很强,内容密切结合革命现实,推进了现实主义诗歌的发展。蒲风努力向民歌学习,创造新诗歌的多种形式,茅盾、郭沫若给予他很高的评价。

这时期写实派中成就突出的诗人是臧克家(1905~2004年)。他先后出版了诗集《烙印》(1933年)和

《罪恶的黑手》（1934年），以严肃的态度，刻画了乡村农民和城市下层人民的生活遭遇，表现了诗人对革命的向往，对黑暗现实、帝国主义侵略的愤慨。他受到老师闻一多创作态度与作风的影响，很注重字句的锤炼，风格朴素，严谨凝重，耐人咀嚼。他的名篇《老马》："总得叫大车装个够，／它横竖不说一句话，／背上的压力往肉里扣，／它把头沉重地垂下！／此刻不知道下刻的命，／它有泪只往心里咽，眼里飘来一道鞭影，／它抬起头望望前面。"用象征形象，概括了劳动人民的悲苦命运和坚忍的精神品格。看似平淡，其实深沉，字字血泪，韵味无穷。由于擅长描写农村题材，臧克家获得了"农民诗人"的称号。

4. 民族革命战争的战鼓和号角

伟大的全民族抗日战争，给新诗开辟了一个新的纪元。

抗战初期，诗人们为了表现炽烈奔放的爱国激情，诗的形式一般趋向于自由体。为了更好地发挥诗歌鼓舞群众的作用，又开展了朗诵诗和街头诗运动。作品内容更富于战斗性和群众性，形式也倾向于句法明朗、用字大众化、表现简劲有力等。

在这个时期，诗歌创作成绩优秀、影响突出的是艾青和田间。

艾青（1910～1996年）在战前已是著名诗人。1933年，他在狱中写成了长篇抒情诗《大堰河——我的保姆》，以人子的身份和真挚、深沉的感情，歌颂了用自己的乳汁养育了别人的"大堰河"这位农村妇女的动人形象，向那个不公道的社会发出了激烈的诅咒。这首诗采用写实与象征结合的笔调，与现代口语相一致的朴实而形象的语言，以及具有散文美的自由体抒情格调，产生了独特的艺术魅力。它标志着艾青从现代派转向现实主义。《大堰河》（1936年）的出版，奠定了他在中国新诗坛上的重要地位。抗战初期，艾青的诗歌创作放射出更为夺目的光辉。他陆续发表了许多优秀的诗篇。在《向太阳》、《火把》等长诗中，诗人以高度的热情，反映了进步知识分子向伟大的革命集体靠拢的精神要求，它们像火把似的点燃了青年人的革命热情，鼓舞了他们对于光明和真理的追求。这些诗篇熔写实、象征、浪漫的方法于一炉，将中国叙事和抒情长诗的创作推进到了艺术的高峰。在《他死在第二次》、《吹号者》等诗里，他歌颂了士兵英勇的战斗精神，也表现了诗人对于战争胜利的期待。在诗集《北方》里，像在《大堰河》中一样，诗人以一种忧郁的挚情的调子，唱出了在苦难中的农民的悲哀。诗人往往通过北方常见的自然风物和人民苦难生活的描写，表现自己与祖国和民族血肉相连的感情。有时，诗人用直抒胸臆的手法，倾吐自己炽热而痛苦的爱国情思，如《我爱这土地》最后两句："为什么我的眼里常含着泪水？／因为我对这土地爱得深沉……"写得朴实优美，深沉感人。诗集《黎明的通知》中，表现了一种在革命胜利时的愉快的心音。此外，他还有叙事诗《雪里钻》等作品。

艾青原来是一位画家，他对人物和事物的色彩、形象有得天独厚的敏锐感受，这使他诗中的意象描绘非常生动、逼真。他还擅长从敏锐的感觉出发，充分发挥想象，对词语的修饰成分和主谓宾关系作奇特、新颖的艺术处理，使诗句形象，富于暗示性，产生打动人心的艺术力量，例如："呈给你黄土下紫色的灵魂"，"沙漠风，已卷去北方的生命的绿色"，"狗的吠声，叫颤了满天疏星"，"太阳以轰响的光彩辉煌了整个天宇"，"桥是河流与道路的爱情"，"我们有个呜咽啜泣的春天"，等等。艾青纯熟地运用自由体诗的形式，诗蕴含着内在的感情节奏，以口语化为基调，词语适度重复，诗行长短相间，使他的诗既有散文美，又有旋律美。艾青的诗歌创作取得了巨大成就，使他成为现实主义诗潮的代表，成为郭沫若之后中国诗坛上最杰出的诗人之一。

田间（1916~1985年）在抗战之前就出版了《未明集》（1935年）、《中国牧歌》（1936年）和《中国·农村的故事》（1936年）3部长短诗集，多以旧中国乡村的凋敝和农民的痛苦为题材。茅盾称《中国牧歌》中"有不少佳作。飞进的热情，新鲜的感觉，奔放的想象，熔铸在他的独创风格，这是可贵的"。抗战开始以后，他写的政治抒情诗《给战斗者》和叙事长诗《她也要杀人》表现了强烈的爱国精神，在读者中曾发生过广泛的影响，闻一多称誉他是"时代的鼓手"。他借鉴了苏联诗人马雅可夫斯基的阶梯形式，但并非生吞活剥,而是注入了本民族的艺术成分,多用"短行",节奏急促,自然流畅,使感情表现特别集中和有力。到了抗战中后期,他的诗更多地吸收了民歌的特色,却突破了民歌的限制。许多短诗(包括街头诗)写得精炼而又精彩。如《义勇军》:"在长白山一带的地方,/中国的高粱,/正在血里生长。/大风沙里,/一个义勇军,/骑马走过他的家乡,/他回来:/敌人的头,挂在长枪上!"寥寥数笔,勾勒出一个义勇军战士威武轩昂的形象。

在抗战期间,影响最大的是以胡风(1902~1985年)为首的"七月诗派"。它因胡风在1937年创办的《七月》杂志而得名。这一派诗人大多是胡风发现并精心指导走上诗歌之路的,他们主张诗人用真诚的态度去把握时代的脉搏,达到艺术的真实。他们直接描写战争的作品并不多,较多的是通过大自然景色变幻来暗示战争的局势、情貌。他们常在直抒胸臆中运用拟喻的意象,显示出郁勃而奔放的抒情风格,主要运用自由诗体。其中,阿垅(1902~1967年)的诗题材丰富,风格含蓄深沉。他在《无弦琴》中歌唱到达新的根据地的感受:"现在我到了你这里;/我才有了这一分真正的欢悦/因此干枯得只剩沙粒的两眼会放光/铁液一样无情的泪滴会在笑里流出来……"写得深情洋溢。绿原(1922~2009年)在1942年出版了诗集《童话》,诗中多新奇的想象,在率真中有童心和幼稚。抗战胜利后,他先后出了诗集《集合》、《又是一个起点》,创作走向成熟。他在长篇政治抒情诗中淋漓尽致地抒写自己对社会的批判,对人生哲理的透视。他的小诗写得非常精警,如《萤》:"蛾是死在烛边的/烛是熄在风边的//青的光/雾的光和冷的光/永不殡葬于雨夜/呵,我真该为你歌唱//自己的灯塔/自己的路"歌颂追求光明抗击黑暗的萤火虫独立的人格、坚韧的意志。他对新诗的现代性与表现方法的多样性,作出了有价值的贡献。鲁藜(1914~1999年)的诗带着泥土的气息和清新的音调。他的《延河散歌》歌唱了中国人民的一片新天地,引起人们的重视。他的诗一般篇幅短小,重视韵味,又能传达出哲理的沉思。如《泥土》:"老是把自己当做珍珠/就时时怕被埋没的痛苦/把自己当做泥土吧/让众人把你踩成一条路。"这首诗至今仍受到人们深爱,作为座右铭。此外,还有冀汸、天蓝、牛汉、杜谷、孙钿、彭燕郊、方然、芦甸等人,都以各自的抒情风格丰富了新诗的现实主义传统。

另一个影响较大的是"晋察冀诗派",是以活跃于晋察冀抗日根据地的诗歌活动而得名。核心人物是田间、邵子南、方冰,还有史轮、魏巍(红杨树)、陈辉等人。他们既是战士又是诗人,因此强调诗的战斗性和大众化,偏重使用直观明示型的意象来抒情,具有单纯、明朗的写实风格,多采用由民歌体变化的自由诗,讲究押韵,句尾多用三字结构的音组。陈辉(1920~1944年)成就较突出。他是在任武工队政委时被日寇逮捕杀害的。遗诗经田间编为《十月的歌》于1958年出版。他的诗流露出一片赤子的纯真,歌唱对祖国对人民的挚爱,歌唱在炮火中开放的爱情之花,歌唱晋察冀边区"比天上的伊甸园还要美丽",字里行间闪烁着理想主义的色彩。魏巍(1920～2008年)有诗集《黎明风景》,把严酷的战争写得富有诗情画意。

在抗日战争中,许多著名的诗人都各以自己的诗歌,表现出这场伟大的反侵略战争的各个侧面。创造社后期的诗人柯仲平(1902～1964年),在延安写出了长篇叙事诗《边区自卫军》和《平汉铁路工人破坏大队的产生》。他在诗中参用唱本俗曲等民间形式来铺叙故事,气魄雄壮,适宜于朗诵和说唱。何其芳在延安写的《夜歌和白天的歌》,是诗人向无产阶级思想意识转变的歌唱。他歌颂光明,向往明天,感情乐观,风格平易而又洗练。卞之琳在抗战不久即奔赴延安,又到过太行前线,写出了歌颂八路军和解放区革命现实的新作《慰劳信集》,诗风朴素,在平淡中见精警。其中《论持久战的著者》中写道:"最难忘你那打出去的手势/常用以指挥感情的洪流/协入一种必然的大节奏。"貌似冷静的描述,但字里行间充满对人民领袖的仰慕、敬爱之情。现代派诗人戴望舒在抗战爆发以后出版了诗集《灾难的岁月》,其中《我用残损的手掌》写他在狱中思念苦难的中国,想象用残损的手掌抚摸祖国的广大土地:"这长白山的雪峰冷到彻骨,/这黄河的水夹泥沙在指间滑出;/江南的水田,你当年新生的禾草/是那么细,那么软……现在只有蓬蒿;/岭南的荔枝花寂寞地憔悴,/尽那边,我蘸着南海没有渔船的苦水……/无形的手掌掠过无限的江山,/手指沾了血和灰,手掌沾了黑暗。"诗人展开丰富新奇的想象,用象征的，甚至是超现实的方法来抒写深挚的爱国情怀。其艺术效果，是仅用写实的方法难以达到的。冯至在抗战时期一直在昆明西南联合大学任教。他在1942年出版了《十四行集》。集中的诗并未直接写抗战，却充满了对于光明、团结的向往，对美好情操的赞颂，蕴含着诗人深入思考人生的哲理。这些诗把象征与写实相结合，感情亲切，构思精巧，音调和谐，韵味深永，融西方十四行诗于民族化的现代新诗这一方面，作了成功的尝试。力扬（1908～1964年）在1943年写出了叙事长诗《射虎者及其家族》，通过中国农村的一个普通射虎者家庭的悲剧与复仇的历史，力图概括整个民族的命运，喊出民族复仇与希望的声音。这首吸收了象征与寓言手法写成的长篇杰作，在中国现代叙事诗发展史上占有重要的地位。

1942年毛主席的《在延安文艺座谈会上的讲话》发表以后，掀起了诗人们向民歌和古典诗歌的优良传统学习的热潮，产生了许多新鲜活泼、为群众喜闻乐见的新诗歌。

总之，在8年艰苦的抗战中，诗人们满怀热情投入了火热的斗争生活，新诗发挥了战鼓、号角、投枪、手榴弹的作用，组成了雄壮的抗战交响乐。

各路诗人在北京的大会师

1945年日本投降以后，蒋介石不顾中国人民和平民主的要求，打击革命力量，挑起了内战。人心向往的北方革命力量在发展,蒋管区人民也在共产党的号召下进行斗争。新诗作为人民的心声,更嘹亮地鸣响在中国的大地上。

在蒋管区,政治讽刺诗成为1945年以后创作的主流。众多诗人都在自己的创作中迸发出对国民党腐朽政权的愤怒和反抗。袁水拍（1919~1982年）的《马凡陀的山歌》,臧克家的《宝贝儿》、《生命的零度》等讽刺诗集,成了蒋管区人民大众爱国民主运动的有力武器。例如《马凡陀的山歌》中的《一只猫》:"军阀时代:水龙、刀;还政于民:枪连炮。/镇压学生毒辣狠,/看见洋人一只猫,/妙呜妙呜,/要要要!"运用歌谣形式,惟妙惟肖地勾画出反动派对内镇压人民、对外奴颜卖国的嘴脸。

20世纪40年代中后期,崛起了一个"中国新诗派",因为1948年在上海出版《中国新诗》诗刊而得名。又因为这些诗人出版了诗歌合集《九叶集》,也称为"九叶诗派",成员有辛笛、穆旦、陈敬容、唐祈、唐湜、杭约赫、郑敏、杜运燮、袁可嘉9人。他们自称是"一群自觉的现代主义者"。这是一批具有爱国、民主倾向和较高文化修养的知识分子。他们把现代派的艺术技巧引入现实主义的诗歌创作,多取材于抗战以后国民党统治区病态的社会现象,表达他们对于光明合理的新社会的向往与追求。在艺术上,他们追求感性和知性的融合,注重象征和联想,强调意象的大跨度跳跃和陌生化效应。他们还主张在现代口语和书面语的基础上,大量使用具象词和抽象词的嵌合,以增强诗歌语言的活力和张力，因此具有不同程度的现代派作风。最年长的辛笛（1912~2004年）出版了《珠贝集》和《手掌集》。他的《风景》一诗开篇写道："列车轧在中国的肋骨上/一节接着一节社会问题/比邻而居的是茅屋和田野间的坟/生活距离终点这样近"。诗人以冷峻的反讽手法和新奇的意象，唱出了一首忧愤旧中国残败褴褛境况的歌，令人读之触目惊心。他的名篇《航》写海上之航，诗人却在对海上景物的观照感悟中揭示出生与死、永恒与瞬间、生命的流通和阻塞之间的哲理。诗的意象优美朦胧，意境开阔而深远。女诗人陈敬容（1917~1989年）著有《盈盈集》、《交响集》。她才华横溢，善于在普通事物中体悟富于哲理的诗意，并用象征意象和或急促或舒缓的节奏表现出来。例如《力的前奏》："歌者蓄满了声音/在一瞬的震颤中凝神//舞者为一个姿态，拼聚了一生的呼吸//天空的云、地上的海洋/在大风暴来到之前/有着可怕的寂静//全人类的热情汇合交融/在痛苦的挣扎里守候/一个共同的黎明。"诗人以歌者、舞者和风暴之前的云与海作喻象，表现人类在沉寂和痛苦中对黎明的期待，同时借助于诗题"力的前奏"，把诗提到哲理的高度，全篇在表面的平静中蕴蓄着内在的激情。另一位女诗人郑敏（1920~　）善于从中国传统诗歌和西方现代派诗歌，以及西方音乐、绘画艺术中吸收艺术营养，使她的抒情诗富于新奇感和陌生感、音乐般的流动美和充满力度的雕塑感。杜运燮（1918~2002年）的诗以活泼的想象和机智的风趣见长。穆旦（1918~1977年）意象隐曲，内涵丰富，风格沉厚凝重。杭约赫（1917～1995年）、唐祈（1920～1990年）、唐湜（1920～2005年）、袁可嘉（1921～2008年）也都有风格各异的诗艺探索。这个诗人群不仅写出了许多富于哲思与艺术魅力的抒情短诗，而且贡献出了概括力很强的长篇抒情杰作，如唐祈的《时间与旗》、杭约赫的《复活的土地》。

在这个时期，无论是在解放区还是蒋管区，都出现了许多长篇叙事诗，成为令人瞩目的壮观。李季（1922～1980年）的《王贵与李香香》运用陕北民歌"信天游"的体式，抒写陕北三边青年农民的革命和爱情故事。其人物形象鲜明，故事生动曲折，地方风味浓郁，深受读者喜爱。这首长诗开辟了民歌经过艺术的转化，真正进入新诗创作的一个新天地。在它的影响下，一大批叙事长诗在解放区相继问世，有田间的《赶车传》和《戎冠秀》、公木的《鸟枪的故事》、阮章竞的《圈套》和《漳河水》、李冰的《赵巧儿》、张志民的《王九诉苦》和《死不着》等，都表现了新的主题和人物。其中《漳河水》写太行山区漳河边上三个妇女争取解放斗争的故事，用河北地方民众中流行的各种体式民歌的调子，又吸取了古典诗词的意境和句式，在叙事中有浓厚的抒情色彩，如"漳河水，九十九道湾，／层层树，重重山，／层层绿树重重雾，／重重高山云断路。／／清晨天，云霞红红艳，／艳艳红天掉在河里面，／漳水染成桃花片，／唱一道小曲过漳河沿"。在蒋管区，也有玉杲的《大渡河支流》等。叙事长诗的大丰收，也是新诗艺术走向成熟的表现。

1949年7月2日,第一次全国文艺工作者代表大会在北平(北京)正式开幕。在全国文代会期间,与会的诗人发起组织全国诗歌工作者联谊会。会后,北平、天津、上海、南京、西安等大城市也分别建立了诗联会。上海、南京两地联合出版了《人民诗歌》月刊。这标志着全国诗人的大会师、大团结,揭开了新文艺运动和新诗运动崭新的一页。随着中华人民共和国的成立,中国新诗的发展进入了一个新的时代。

回顾中国现代新诗的发展历程,尽管遭遇到了恶意或善意的责难和批评,它仍然取得了可喜的成绩,并积累了宝贵的经验。中国新诗的发展历程,始终是与中国人民为争取民族独立和民主解放的斗争紧密相连的。众多的诗人满怀着忠于时代的历史使命感和忠于真善美的艺术使命感,在思想和艺术两个方面都进行了艰难的探索。现实主义、浪漫主义、象征主义和其他创作方法,自由体、新民歌体、新格律体,十四行诗、楼梯诗、散文诗,长篇和短篇政治抒情诗、个人抒情诗、叙事诗、哲理诗、寓言诗、讽刺诗、剧诗,都有人在实践、借鉴、探索。其中既有成功的创造,也有失败的尝试,使现代新诗在艺术风格和表现手法上走向多样化,从未停止过前进的脚步。中国现代诗人应当把继承古典诗歌和民歌的优秀传统,发扬新诗自身的革命现实主义和革命浪漫主义的宝贵传统统一起来。

应当指出,"五四"以来,尽管新诗浪潮汹涌,成为诗歌的主流,但自唐宋发展成熟起来的传统诗词仍然活跃于诗坛。有许多诗人运用旧体诗词形式进行创作，弘扬诗歌的民族传统，推陈出新，超越前人。其中，革命领导人毛泽东、周恩来、朱德、叶剑英、陈毅、董必武等，都运用旧诗体写了大量抒发革命情怀的杰作。抗战时期，著名的爱国诗人柳亚子以旧体诗词反映时代的斗争风云。鲁迅、茅盾、老舍、田汉、郁达夫、朱自清、俞平伯等现代作家都擅长创作旧体诗词。诗人郭沫若、臧克家、何其芳等人在以主要精力从事新诗创作之余，也写作旧体诗。特别是毛泽东在领导中国人民进行革命和建设的峥嵘岁月中，在日理万机之余暇，创作出了数十首革命现实主义和革命浪漫主义相结合的诗歌作品，堪称前无古人的诗词瑰宝，为中国诗人们树立了光辉典范。这就有力地证明，传统的古典诗歌形式，仍然深受中国广大人民群众喜爱，具有生命活力。只要善于利用，勇于创新，注入崭新的思想感情，创造出焕然一新的意境，旧体诗同样可以反映时代精神，为人民大众服务，为社会主义服务。

参考书目

1. 郑振铎著《插图本中国文学史》,作家出版社,1957。
2. 韦凤娟、陶文鹏、石昌渝著《新编中国文学史》,人民教育出版社,1989。
3. 陆侃如、冯沅君著《中国诗史》,人民文学出版社,1956。
4. 唐弢主编《中国现代文学史》,人民文学出版社,1979。
5. 闻一多著《唐诗杂论》,三联书店,1982。
6. 钱锺书著《谈艺录》,中华书局,1984。
7. 程千帆著《古诗考索》,上海古籍出版社,1984。
8. 袁行霈著《中国诗歌艺术研究》,北京大学出版社,1987。
9. 艾青著《艾青谈诗》,花城出版社,1982。
10. 张鸣选注《宋诗选》,浙江文艺出版社,1994。

《中国史话》总目录

系列名	序号	书名	作者
物质文明系列（10种）	1	农业科技史话	李根蟠
	2	水利史话	郭松义
	3	蚕桑丝绸史话	刘克祥
	4	棉麻纺织史话	刘克祥
	5	火器史话	王育成
	6	造纸史话	张大伟 曹江红
	7	印刷史话	罗仲辉
	8	矿冶史话	唐际根
	9	医学史话	朱建平 黄健
	10	计量史话	关增建
物化历史系列（28种）	11	长江史话	卫家雄 华林甫
	12	黄河史话	辛德勇
	13	运河史话	付崇兰
	14	长城史话	叶小燕
	15	城市史话	付崇兰
	16	七大古都史话	李遇春 陈良伟
	17	民居建筑史话	白云翔
	18	宫殿建筑史话	杨鸿勋
	19	故宫史话	姜舜源
	20	园林史话	杨鸿勋
	21	圆明园史话	吴伯娅
	22	石窟寺史话	常青
	23	古塔史话	刘祚臣
	24	寺观史话	陈可畏
	25	陵寝史话	刘庆柱 李毓芳
	26	敦煌史话	杨宝玉
	27	孔庙史话	曲英杰
	28	甲骨文史话	张利军
	29	金文史话	杜勇 周宝宏

185

系列名	序号	书名	作者	
物化历史系列（28种）	30	石器史话	李宗山	
	31	石刻史话	赵 超	
	32	古玉史话	卢兆荫	
	33	青铜器史话	曹淑琴	殷玮璋
	34	简牍史话	王子今	赵宠亮
	35	陶瓷史话	谢端琚	马文宽
	36	玻璃器史话	安家瑶	
	37	家具史话	李宗山	
	38	文房四宝史话	李雪梅	安久亮
制度、名物与史事沿革系列（20种）	39	中国早期国家史话	王 和	
	40	中华民族史话	陈琳国	陈 群
	41	官制史话	谢保成	
	42	宰相史话	刘晖春	
	43	监察史话	王 正	
	44	科举史话	李尚英	
	45	状元史话	宋元强	
	46	学校史话	樊克政	
	47	书院史话	樊克政	
	48	赋役制度史话	徐东升	
	49	军制史话	刘昭祥	王晓卫
	50	兵器史话	杨 毅	杨 泓
	51	名战史话	黄朴民	
	52	屯田史话	张印栋	
	53	商业史话	吴 慧	
	54	货币史话	刘精诚	李祖德
	55	宫廷政治史话	任士英	
	56	变法史话	王子今	
	57	和亲史话	宋 超	
	58	海疆开发史话	安 京	

系列名	序号	书名	作者
交通与交流系列（13种）	59	丝绸之路史话	孟凡人
	60	海上丝路史话	杜 瑜
	61	漕运史话	江太新 苏金玉
	62	驿道史话	王子今
	63	旅行史话	黄石林
	64	航海史话	王 杰 李宝民 王 莉
	65	交通工具史话	郑若葵
	66	中西交流史话	张国刚
	67	满汉文化交流史话	定宜庄
	68	汉藏文化交流史话	刘 忠
	69	蒙藏文化交流史话	丁守璞 杨恩洪
	70	中日文化交流史话	冯佐哲
	71	中国阿拉伯文化交流史话	宋 岘
思想学术系列（21种）	72	文明起源史话	杜金鹏 焦天龙
	73	汉字史话	郭小武
	74	天文学史话	冯 时
	75	地理学史话	杜 瑜
	76	儒家史话	孙开泰
	77	法家史话	孙开泰
	78	兵家史话	王晓卫
	79	玄学史话	张齐明
	80	道教史话	王 卡
	81	佛教史话	魏道儒
	82	中国基督教史话	王美秀
	83	民间信仰史话	侯 杰 王小蕾
	84	训诂学史话	周信炎
	85	帛书史话	陈松长
	86	四书五经史话	黄鸿春

系列名	序号	书名	作者	
思想学术系列（21种）	87	史学史话	谢保成	
	88	哲学史话	谷 方	
	89	方志史话	卫家雄	
	90	考古学史话	朱乃诚	
	91	物理学史话	王 冰	
	92	地图史话	朱玲玲	
文学艺术系列（8种）	93	书法史话	朱守道	
	94	绘画史话	李福顺	
	95	诗歌史话	陶文鹏	
	96	散文史话	郑永晓	
	97	音韵史话	张惠英	
	98	戏曲史话	王卫民	
	99	小说史话	周中明	吴家荣
	100	杂技史话	崔乐泉	
社会风俗系列（13种）	101	宗族史话	冯尔康	阎爱民
	102	家庭史话	张国刚	
	103	婚姻史话	张 涛	项永琴
	104	礼俗史话	王贵民	
	105	节俗史话	韩养民	郭兴文
	106	饮食史话	王仁湘	
	107	饮茶史话	王仁湘	杨焕新
	108	饮酒史话	袁立泽	
	109	服饰史话	赵连赏	
	110	体育史话	崔乐泉	
	111	养生史话	罗时铭	
	112	收藏史话	李雪梅	
	113	丧葬史话	张捷夫	

系列名	序号	书　名	作者
近代政治史系列（28种）	114	鸦片战争史话	朱谐汉
	115	太平天国史话	张远鹏
	116	洋务运动史话	丁贤俊
	117	甲午战争史话	寇　伟
	118	戊戌维新运动史话	刘悦斌
	119	义和团史话	卞修跃
	120	辛亥革命史话	张海鹏　邓红洲
	121	五四运动史话	常丕军
	122	北洋政府史话	潘　荣　魏又行
	123	国民政府史话	郑则民
	124	十年内战史话	贾　维
	125	中华苏维埃史话	杨丽琼　刘　强
	126	西安事变史话	李义彬
	127	抗日战争史话	荣维木
	128	陕甘宁边区政府史话	刘东社　刘全娥
	129	解放战争史话	朱宗震　汪朝光
	130	革命根据地史话	马洪武　王明生
	131	中国人民解放军史话	荣维木
	132	宪政史话	徐辉琪　付建成
	133	工人运动史话	唐玉良　高爱娣
	134	农民运动史话	方之光　龚　云
	135	青年运动史话	郭贵儒
	136	妇女运动史话	刘　红　刘光永
	137	土地改革史话	董志凯　陈廷煊
	138	买办史话	潘君祥　顾柏荣
	139	四大家族史话	江绍贞
	140	汪伪政权史话	闻少华
	141	伪满洲国史话	齐福霖

系列名	序号	书名	作者
近代经济生活系列（17种）	142	人口史话	姜涛
	143	禁烟史话	王宏斌
	144	海关史话	陈霞飞 蔡渭洲
	145	铁路史话	龚云
	146	矿业史话	纪辛
	147	航运史话	张后铨
	148	邮政史话	修晓波
	149	金融史话	陈争平
	150	通货膨胀史话	郑起东
	151	外债史话	陈争平
	152	商会史话	虞和平
	153	农业改进史话	章楷
	154	民族工业发展史话	徐建生
	155	灾荒史话	刘仰东 夏明方
	156	流民史话	池子华
	157	秘密社会史话	刘才赋
	158	旗人史话	刘小萌
近代中外关系系列（13种）	159	西洋器物传入中国史话	隋元芬
	160	中外不平等条约史话	李育民
	161	开埠史话	杜语
	162	教案史话	夏春涛
	163	中英关系史话	孙庆
	164	中法关系史话	葛夫平
	165	中德关系史话	杜继东
	166	中日关系史话	王建朗
	167	中美关系史话	陶文钊
	168	中俄关系史话	薛衔天
	169	中苏关系史话	黄纪莲
	170	华侨史话	陈民 任贵祥
	171	华工史话	董丛林

系列名	序号	书名	作者
近代精神文化系列（18种）	172	政治思想史话	朱志敏
	173	伦理道德史话	马 勇
	174	启蒙思潮史话	彭平一
	175	三民主义史话	贺 渊
	176	社会主义思潮史话	张 武　张艳国　喻承久
	177	无政府主义思潮史话	汤庭芬
	178	教育史话	朱从兵
	179	大学史话	金以林
	180	留学史话	刘志强　张学继
	181	法制史话	李 力
	182	报刊史话	李仲明
	183	出版史话	刘俐娜
	184	科学技术史话	姜 超
	185	翻译史话	王晓丹
	186	美术史话	龚产兴
	187	音乐史话	梁茂春
	188	电影史话	孙立峰
	189	话剧史话	梁淑安
近代区域文化系列（十一种）	190	北京史话	果鸿孝
	191	上海史话	马学强　宋钻友
	192	天津史话	罗澍伟
	193	广州史话	张 苹　张 磊
	194	武汉史话	皮明庥　郑自来
	195	重庆史话	隗瀛涛　沈松平
	196	新疆史话	王建民
	197	西藏史话	徐志民
	198	香港史话	刘蜀永
	199	澳门史话	邓开颂　陆晓敏　杨仁飞
	200	台湾史话	程朝云

《中国史话》主要编辑出版发行人

总策划 谢寿光 王 正
执行策划 杨 群 徐思彦 宋月华
梁艳玲 刘晖春 张国春
统 筹 黄 丹 宋淑洁
设计总监 孙元明
市场推广 蔡继辉 刘德顺 李丽丽
责任印制 岳 阳